ARRÊTE, MAMAN, JE VAIS CRAQUER !

L'auteur

Rosie Rushton vit au Royaume-Uni, à Northampton. Elle a écrit de nombreux ouvrages pour la jeunesse traitant de son sujet de prédilection: la famille et les relations entre adultes et adolescents. Elle anime des ateliers d'écriture à travers toute l'Angleterre, et trouve ainsi matière à nourrir les chroniques qu'elle publie dans divers magazines.

Vous avez aimé

Sophie, Victoria, Olivia, Melissa...

Écrivez-nous
pour nous faire partager votre enthousiasme :
Pocket Jeunesse, 12, avenue d'Italie, 75013 Paris.

ROSIE RUSHTON

ARRÊTE, MAMAN, JE VAIS CRAQUER !

Traduit de l'anglais par Alice Marchand
Avec la collaboration de Shaïne Cassim

2e édition

POCKET
jeunesse

Titre original :
Just don't Make a Scene, Mum !

Loi n° 49 956 du 16 juillet 1949 sur les publications destinées
à la jeunesse : décembre 2001

© Rosie Rushton, 1995
Publié pour la première fois en 1995 par Piccadilly Press,
Londres
© 2001, éditions Pocket Jeunesse, département d'Univers
Poche pour la traduction française

ISBN 2-266-10313-X

LA MÈRE DE JULIE
À LA RADIO

— *C'était le dernier titre des Smashing Pumpkins*, annonça Denis Laurie tandis que le morceau s'achevait.

Denis Laurie avala rapidement une gorgée de café tiède.

— *Vous écoutez « À vos marques », comme tous les samedis, l'émission des vrais branchés. Un rendez-vous à ne pas manquer !* poursuivit le présentateur.

Oh ! là là, qu'est-ce que je balance comme clichés aujourd'hui, songea-t-il.

— *Et maintenant, les « coups de gueule en direct » sur Hot FM... racontez-nous tout ce qui vous a cassé les pieds cette semaine.*

Il lança le jingle : « Coups de gueule en direct au 212 090 9. »

— *Cette semaine : toutes ces situations super-gênantes qui donnent envie de disparaître dans un trou de souris. Oui, chacun a connu ça, hein ? Ça nous est tous arrivé de mettre nos Doc Martens dans le plat !*

Il fit signe, à travers la vitre, à Ginny Gee, madame Courrier du cœur du journal local, *L'Écho de Leehampton*. Elle était en train de se maquiller, comme si elle s'apprêtait à présenter le journal du matin à la télévision.

— *Encore pire, vous avez été ridiculisé devant vos copains par Papa ou Maman,* poursuivit Denis. *Ou bien le mec qui vous plaît a entendu la vanne que vous a lancée votre frère ! C'est l'horreur, ça, non ?*

Denis s'interrompit pour reprendre son souffle. Clarissa, son assistante, introduisit Ginny dans le studio. La journaliste, plutôt ronde, se faufila derrière Denis, lui posa une bise sur la joue et s'affala sur la chaise libre.

— *Ginny Gee, de* L'Écho, *nous rejoint à l'instant dans le studio pour vous aider à résoudre ces situations à mourir de honte. Et ce n'est pas tout : on va choisir quatre auditeurs parmi ceux qui appellent. Ils participeront à un grand concours... je vous en dirai plus tout à l'heure. Alors, décrochez vos téléphones. Composez le numéro. Vous le connaissez : 212 090 9. Pour le moment, on écoute* Garbage *avec* Queer.

Denis pivota sur sa chaise et fit face à Ginny.

— Merci d'être venue, Ginny. Maintenant, on n'a plus qu'à attendre, en espérant que des gamins mal dans leurs baskets nous écoutent... Quand personne n'appelle, la libre-antenne, c'est l'horreur.

— Oh, ils vont le faire, j'en suis certaine, assura Ginny. J'ai l'impression que tous les ados sont perpétuellement en crise.

Elle inspecta ses ongles orange foncé d'un air critique et soupira.

— Si j'en crois ma chère fille, c'est à cause des parents, en général.

Elle se pencha vers Denis et ajouta sur le ton de la confidence :

— Tu sais quoi, mon chou ? Ce matin, ma fille m'a dit que je ne devrais pas sortir habillée comme ça. Elle trouve que le fuchsia et l'orange ne vont pas avec mon teint. Ils sont tellement conservateurs, les gosses, tu ne trouves pas ? Ça va, mon look, non, Denis ?

Elle est pleine de bon sens, ta fille, pensa Denis. Mais il préféra la flatterie :

— Tu es superbe, ma belle.

Dieu merci, il n'eut pas à mentir plus longtemps : c'était l'heure d'envoyer les infos sur la circulation.

Au standard, les téléphones commençaient à sonner.

2

PERSONNE
NE COMPREND LAURA

Pendant que Ginny appliquait une huitième couche de rouge à lèvres « Rose Extra » et remontait son soutien-gorge, plusieurs de ses jeunes auditeurs songeaient sérieusement à quitter leur domicile.

Dans sa chambre, impasse Shakespeare, Laura Turner était en train d'épiler ses sourcils roux, qu'elle détestait, en se demandant si la chirurgie esthétique permettrait de faire disparaître les taches de rousseur. Elle était pourtant censée chercher le devoir d'histoire qu'elle avait perdu. Le monde entier, avait-elle décidé, était ligué contre elle. Elle n'avait vraiment pas de chance : son père était parti vivre avec l'abominable Betsy, et sa mère, au lieu de tout faire pour le récupérer, s'était mise avec un ringard, Melvyn Crouch. Par-dessus le marché, la couleur de ses cheveux à elle la désespérait, ses cuisses étaient affreuses (en pantalon moulant) et son nez en trompette – que sa grand-mère trouvait mignon – était une vraie malédiction. Pas étonnant qu'elle soit seule ! Pour plaire aux garçons, il fallait être élégante et cool, comme sa copine Julie.

Sa mère avait ri de bon cœur quand Laura avait essayé de lui faire comprendre qu'il lui fallait impérativement une permanente, et une teinture des cheveux et des sourcils, pour survivre au collège. Bien sûr ! Elle se moquait complètement de la vie sociale de sa fille. Comme elle se fichait que son père lui manque atrocement et que Laura soit obligée de rivaliser avec les affreux gamins de Betsy, Sonia la bêcheuse et Daryl le casse-pieds. En plus, Laura et sa mère avaient dû s'installer dans ce pavillon minable. Pour couronner le tout, Gary Wilkes, la grande gueule des quatrièmes, avait vu Maman et Melvyn S'EMBRASSER devant le supermarché ! Il s'était empressé d'informer toute la classe que la mère de Laura avait un amant.

La vie de Laura était fichue et personne ne s'en souciait. Hot FM ne lui apprendrait rien de nouveau sur la honte. En revanche, elle venait brusquement d'avoir une idée assez géniale.

Pendant ce temps, à Billing Hill, dans sa nouvelle chambre pêche et vert pomme et abat-jour coordonnés, Emma Farrant écoutait la radio en pressant son pouce très fort contre ses dents de devant. Emma les détestait. Elle détestait pas mal de choses en ce moment : ses cheveux raides et couleur boue, par exemple. Et sa mère qui voulait toujours qu'elle les attache en queue de cheval (la barbe !) ou en natte (la honte !). Emma haïssait aussi Leehampton où elle ne connaissait personne et dont elle devait intégrer le nouveau collège en milieu de trimestre. Pire que tout, elle ne supportait plus sa garde-robe digne d'une gamine sans imagination. Le problème, c'était sa mère. Emma en avait assez de la voir porter d'épais collants colorés sous ses jupes de velours côtelé archi-démodées. Elle ne se maquillait que pour les dîners dansants de Papa à l'hôpital, les mariages ou les enterrements, et semblait consacrer son temps à empêcher sa fille de vivre sa vie.

Si seulement Mamie était là... Elle, au moins, pourrait peut-être régler le cas Maman. Emma rêvait de se rebeller, mais elle se dégonflait chaque fois. Elle détestait les disputes, et sa mère avait tendance à prendre facilement la mouche. Mamie, elle, était vraiment relax pour une dame de plus de soixante-dix ans.

Elle habitait un minuscule cottage assez chic, toujours en désordre, juste au-delà de Brighton, au bord de la mer, avec sa tortue Maud et son perroquet Crochet. Mamie disait que, tant qu'il y a de la vie, il y a de l'espoir ! « Bougez-vous, profitez de chaque instant ! Prenez le taureau par les cornes ! » conseillait-elle. Pourquoi Maman, sa fille unique, n'était-elle pas comme elle ? Emma décida d'écrire à sa grand-mère pour lui demander de venir les voir.

Cette semaine, Emma avait enfin été invitée dans

un endroit cool et sa mère avait refusé qu'elle y aille parce qu'elle ne connaissait pas le quartier. À qui la faute ? Ce n'est pas Emma qui avait voulu déménager ! Ce n'est pas Emma qui avait voulu que son père trouve ce stupide travail dans cet hôpital minable, dans cette ville affreuse ! Hélas c'était Emma qui en souffrait. Est-ce que sa mère s'en souciait ? Sûrement pas. Elle ne pensait qu'à s'occuper des jumeaux et de Samuel le casse-pieds, à s'assurer qu'Emma avait pris un bon petit déjeuner et mis des chaussettes propres. Elle ne s'inquiétait pas de ses problèmes affectifs ou psychologiques. Son père aussi s'en fichait, il était bien trop occupé à opérer ses malades. Aucun de ses parents n'avait la moindre idée de ses angoisses. Emma se demanda si elle entrait dans la catégorie des enfants maltraités. C'était fort possible.

Dans la maison voisine, John Joseph se concentrait sur *East 17*, qu'il écoutait avec son nouveau Walkman (acheté avec l'argent reçu pour ses quinze ans). Il ne voulait plus entendre la voix stridente de son père, dont le passe-temps favori (avec le golf) était de crier après son fils unique. Tout ça parce que John voulait aller au *Zig-Zag* ce soir !

Alors qu'ils prenaient leur petit déjeuner, son père avait entamé un sermon qui ne l'avait pas empêché d'avaler deux œufs à la coque, cinq tartines grillées et deux tasses de café. Et c'était parti pour le refrain habituel : quel dommage que John ne consacre pas autant de temps à ses études qu'à ses amis, et ce n'était pas un hôtel ici, et il ne connaissait rien à rien ! John admettait que ses notes n'avaient pas été géniales ces temps-ci, mais à quoi bon continuer à bûcher des matières qui ne l'intéressaient pas ?

Papa était doué pour les discours, mais pas tellement pour écouter. Il avait de grandes ambitions pour John : des études de droit à l'université. Seulement, personne ne se souciait de ce que John souhaitait. Ses parents évoquaient sans cesse leurs sacrifices pour l'envoyer à Bellborough Court plutôt qu'au « collège public minable », comme disait son père. Mais John n'avait jamais demandé à y aller. Il n'avait pas demandé non plus à avoir une heure de trajet chaque jour, juste pour que son père puisse se vanter que son fiston fréquente une école privée. Il aurait aimé que ce dernier se rende compte qu'il y a autre chose dans la vie que les bonnes notes. John irait en boîte ce soir, quoi qu'il arrive. Un point, c'est tout.

Plus loin, à Wellington Road, Sumitha Banerji avait chassé son petit frère de sa chambre. Devant le miroir, tout en relevant ses longs cheveux noirs pour avoir l'air plus grande, elle se demandait si appeler Hot FM l'aiderait à faire comprendre à ses parents qu'ils faisaient d'elle une paria : ils gâchaient ses chances de devenir un jour présentatrice à la télévision. Non seulement elle n'avait pas le droit de se faire couper les cheveux, de se vernir les ongles ni de se maquiller, mais en plus son père tenait à savoir précisément où elle allait, avec qui, et pour combien de temps. Elle n'avait même pas évoqué la discothèque – elle connaissait d'avance la réponse. La dernière fois qu'elle avait demandé à aller au *Zig-Zag*, son père avait déclaré : « Ce n'est pas le genre d'endroit que fréquentent les jeunes Bengali bien élevées. » Sa mère avait regardé Sumitha d'un air désolé, puis son mari d'un air inquiet, et elle n'avait pas dit un seul mot pour soutenir sa fille. Sa mère était une vraie mauviette.

— Si tu avais été élevée à Calcutta... avait poursuivi son père.

— Mais on n'est pas à Calcutta ! avait braillé Sumitha.

— Laisse-moi finir. Ton langage montre bien l'influence de tes amis anglais sur toi. Pour la discothèque, c'est non, et je ne changerai pas d'avis !

Quelle injustice ! Elle était née en Angleterre, comme ses amis. Ses parents étaient venus étudier dans ce pays et ils y étaient restés. Malgré tout, ils tenaient à les éduquer, son frère et elle, comme eux-mêmes l'avaient été, en Inde. Son père ne cessait de répéter que les jeunes filles convenables doivent avoir les cheveux longs. Mais le magazine *Shriek !* affirmait que les cheveux courts font paraître plus grande. Sumitha avait abandonné l'espoir de dépasser un jour le mètre cinquante, et si une coupe de cheveux pouvait lui donner de l'allure, alors elle devait les couper.

Mais elle avait un souci plus urgent : la sortie en boîte ce soir. Son père était très content qu'elle fréquente l'atelier de théâtre, qu'elle suive des cours de claquettes et de danse classique – « c'est bon pour ton maintien et ta silhouette » –, mais il suffisait de dire « discothèque » pour qu'il prenne un air sévère. Sumitha, pour qui la danse était vitale, ne voyait pas la différence.

Ce soir, ses parents se rendaient à un dîner dansant dans un hôtel chic où ils passeraient la nuit, et Sumitha devait dormir chez Laura Turner. À cet instant même, Laura était en train de convaincre sa mère de les laisser aller au *Zig-Zag*. Mme Turner pouvait téléphoner pour demander si c'était d'accord, Sumitha était tranquille : ses parents partaient après le déjeuner, et sa grand-mère, qui gardait son petit frère Sandeep, ne parlait pas assez bien anglais pour répondre au téléphone.

Sumitha augmenta le volume de la radio et se mit à chanter. Son père détestait le rock. Tant pis pour lui.

Chez les Gee, l'agitation était à son comble. Julie, plantée devant le miroir, brossait en vain ses boucles châtaines obstinément crépues, tout en rêvant que le bouton énorme qui s'éternisait sur son menton disparaisse. Elle aurait aimé que sa mère disparaisse, elle aussi, mais savait que cet espoir était vain. S'effacer, ça n'était pas du tout le genre de Mme Gee. Celle-ci méritait carrément l'oscar de la femme la moins discrète du monde. Journaliste, elle tenait une rubrique dans *L'Écho*, appelée « Si j'ose dire ». Et malheureusement, elle osait. Tout le temps. Elle parlait d'amour, de sexe, de mode (alors qu'elle portait des minijupes orange !)... Elle n'arrêtait pas.

À cet instant, Julie priait pour qu'aucun de ses amis ne soit en train d'écouter Hot FM. Sa mère qui comprenait soi-disant si bien les adolescents avait exigé que Julie soit rentrée du *Zig-Zag* à 22 h 30. Et dire que Hot FM l'appelait « Une mère avisée avec un esprit jeune » ! (Publicité mensongère, selon Julie.) Tout le monde savait que quitter le *Zig-Zag* avant 23 h 30, c'est la honte totale. La station de radio pouvait toujours vanter le succès considérable de l'émission de Ginny Gee, cela n'impressionnait pas sa fille.

Pense-bête

Samedi, 9 h 30

Cher Barry,

Peux-tu décongeler de la viande hachée et préparer des pâtes à la bolognaise ou quelque chose de ce genre ? Rien de compliqué, s'il te plaît, sinon les gamins ne le mangeront pas. Partie à la radio pour l'émission (pourquoi je fais ça ?).

À propos, c'est ton tour d'aller chercher les gosses ce soir. J'ai dit à Julie qu'elle a le droit de rester jusqu'à 22 h 30. Elle est en haut, elle fait la tête : apparemment on l'empêche d'avoir une vie privée. Marrant, je croyais que c'était le contraire.

À plus tard,

Gin

P.-S. Peux-tu rappeler à Warwick de se faire vacciner contre le choléra ?

P.P.-S. Il y a une annonce pour un boulot intéressant dans le journal, je l'ai laissé ouvert à la bonne page. Tu pourrais peut-être leur envoyer ta candidature, aujourd'hui ?

JULIE DISCUTE
AVEC ABACA

Si quelqu'un avait observé Julie Gee ce matin-là, assise devant le miroir à faire des grimaces, il aurait eu beaucoup de mal à comprendre ce qui pouvait bien provoquer chez elle une telle consternation. Elle était belle à mourir : des cheveux épais, bouclés, des yeux couleur ambre, et des dents si blanches et si bien alignées que son dentiste était désespéré.

Sa chambre aussi était plutôt classe, du moins ce qu'on pouvait en deviner sous la montagne de magazines, les vêtements éparpillés, les peluches, les CD et les canettes de Coca vides. Au-dessus de son lit en pin était suspendu un carillon tibétain et, sur les murs, des articles du magazine *Shriek !* expliquant comment obtenir une silhouette de top model en dix-sept jours. Il y avait des tapisseries péruviennes, des masques balinais et une carte de France indiquant la route des vins. C'était la sœur de Julie qui lui avait offert tout ça : Geneva avait l'habitude de passer ses vacances en randonnée, à faire les vendanges, ou à apprendre à des étudiants étrangers comment ne pas parler anglais.

Ce matin-là, pourtant, Julie était convaincue que rien n'irait jamais plus dans sa vie. Et, comme toujours en cas de crise, elle racontait ses malheurs à son nounours râpé, Abaca. Il ne l'avait pas quittée depuis qu'elle était bébé, et il était d'une patience à toute épreuve. Sa mère l'avait baptisé Abaca parce qu'elle était dingue.

Julie aspergea ses cheveux de « Spray belles boucles » et monta le volume de sa radio.

— « *Coups de gueule en direct* » *au 212 090 9.*

Cette fichue émission, c'était le comble : Julie n'avait jamais été aussi mal dans ses baskets.

— Je parie qu'aucune autre fille de quatorze ans ne subit ce genre d'humiliation publique toutes les semaines. Et à cause de sa propre mère, en plus. C'est déjà assez difficile de la voir exhiber ses genoux fripés à la Terre entière... mais au moins mes amis ne lisent pas ce torchon.

Julie pensait à un article de sa mère paru dans *L'Écho* de la semaine précédente. Ça s'appelait « Y a-t-il un âge limite pour porter une minijupe ? » et il y avait une grande photo, avec la légende : « Ginny Gee, mère de trois enfants, démontre que même les plus de quarante ans ont fière allure en mini ! »

— Je suis pas mal pour une femme de quarante-cinq ans, hein ? avait ronronné la mère de Julie.

— Tu es superbe, chérie, avait murmuré le père

de Julie, levant brièvement les yeux du *Gourmet mensuel*.

(Il lui avait fallu des années d'expérience pour savoir la flatter au bon moment.)

— Beurk, double beurk, avait marmonné Julie.

— Pardon ? avait demandé sa mère.

— Pas mal, avait-elle concédé *in extremis*.

En fait, Julie avait été si horrifiée par la photo qu'elle avait rédigé un poème sur la souffrance d'avoir des parents exhibitionnistes.

ODE AUX MÈRES
Une mère est censée être lisse
Tranquille, douce, calme
Une mère est censée s'habiller
En chemisier et jupe doublée
Une mère ne devrait jamais être branchée
C'est franchement indécent
Quand on a plus de trente ans
Une minijupe fait carrément PITIÉ *!*

Elle avait laissé ce chef-d'œuvre bien en vue à gauche de la bouteille de vin blanc dans le frigo, devinant – à juste titre – que sa mère irait directement se servir un verre après une dure journée. À ce jour, il n'y avait eu aucune réaction. Julie se sentait négligée.

— *Ginny Gee, de* L'Écho, *nous rejoint à l'instant dans le studio pour vous aider à résoudre ces situations à mourir de honte*, gazouilla la voix de Denis.

Oh, super, pensa Julie. C'est ELLE qui est à mourir de honte.

— Je parie que la mère de Laura la laissera rester jusqu'à minuit au *Zig-Zag*... Mais bon, la mère de Laura est une personne équilibrée et raisonnable, expliqua-t-elle à Abaca. Je pourrais peut-être m'arranger pour que Mme Turner parle à Maman... elles sont super-copines.

Julie s'apprêtait à téléphoner à sa meilleure amie, quand son père l'appela.

— JULIE, TU VEUX BIEN DESCENDRE POUR M'AIDER À PRÉPARER LE DÉJEUNER ?

Oh, non, il ne manquait plus que ça : Papa et ses chefs-d'œuvre culinaires, se dit-elle.

M. Gee adorait être un Homme Moderne. Depuis que Freshfoods avait trouvé opportun de licencier son directeur commercial (département Crèmes et Desserts), il passait le plus clair de son temps dans la cuisine. Revêtu d'un tablier plastifié imprimé de pots de moutarde, il concoctait des plats exotiques pour le dîner, ou s'occupait des champignons japonais qu'il faisait pousser dans le placard, sous l'escalier. Il s'était d'ailleurs découvert un certain don, mais les plats ordinaires tels que œufs, frites et bœuf bourguignon ne lui semblaient pas à la hauteur de son instinct créatif.

Julie soupira. Elle adorait son père, mais ne le comprenait pas. Si sa mère se baladait dans des vêtements que Julie trouvait absolument inadaptés, au moins réfléchissait-elle à ce qu'elle allait porter. Son père, lui, considérait que les vêtements n'étaient qu'un moyen d'avoir chaud, et plus ils étaient vieux et dépenaillés, plus il les aimait. Ses préférés du moment : un sweat-shirt représentant un pingouin ivre et une paire de chaussures en daim qui datait des années 1970.

— JULIE, VIENS... J'AI BESOIN D'UN COUP DE MAIN POUR LA CUISINE.

Julie soupira.

Pourquoi dois-je participer à ses créations gastronomiques ? Pourquoi ne peut-il pas simplement poêler du poisson pané ? pensa-t-elle.

— JULIE ! J'AI BESOIN DE TON AIDE ! TOUT DE SUITE !

— J'ARRIVE.

Évidemment, tout est la faute de Maman. Si elle était plus souvent à la maison, je pourrais avoir une enfance normale. Pas étonnant que Warwick soit tellement toqué.

Warwick, son frère de dix-neuf ans, avait le menton couvert d'acné et souhaitait devenir arboriculteur. Il traversait la vie dans un état d'abrutissement perpétuel qui inquiétait Julie.

Il partait d'ici à quelques semaines en Indonésie pour observer les forêts de bambou et de banians. Julie n'était même pas sûre qu'il arrive jusqu'à Heathrow[1] !

Elle avait demandé à Warwick si ça ne le gênait pas que leur exhibitionniste de mère passe à

---

1. Aéroport de Londres. (*N.d.T.*)

l'antenne. Tout en examinant une pousse mourante de cerisier, il avait dit :

— Ils ont besoin de fric. Tiens-moi le sécateur, Julie.

— JULIE ! JE NE VAIS PAS TE LE DEMANDER ENCORE UNE FOIS.

— J'ARRIVE !

Elle descendit lourdement l'escalier, grommelant toujours à propos des injustices de la vie.

— Tu parles toute seule, Julie ? C'est le premier symptôme de la folie ! plaisanta son père.

— Je ne connais pas d'autre moyen d'avoir une conversation intelligente dans cette maison. Qu'est-ce qu'il faut que je fasse ?

Son père retrouva aussitôt son sérieux et saisit avec ferveur une cuillère en bois.

— Bon, on va faire du Pastel de Choclo, il faut travailler vite.

J'apprécie le « on », pensa Julie.

Son père sortit du congélateur un morceau solidifié de viande hachée et l'examina avec l'intensité d'un chirurgien sur le point de réaliser une opération délicate.

— Et le chocolat ? demanda Julie.

— Il n'y a pas de chocolat, idiote ! C'est un plat chilien avec de la viande, du maïs, des œufs, des olives noires et beaucoup de raisins secs...

— BEURK ! Ça a l'air méga-répugnant ! s'écria Julie.

Son père lui sourit gentiment.

— Il est temps que tu deviennes plus aventureuse, Julie... Il y a un monde d'arômes autour de toi ! Tout ce qui t'intéresse, c'est le poulet-frites et les gâteaux au chocolat. Tu ne pourras jamais éduquer ton palais si tu n'expérimentes pas quelques plats nouveaux.

Julie jugea préférable de ne pas répliquer.

— Papa... ?

— Oui ?

— Qu'est-ce que tu penses de l'émission de Maman à la radio ? Elle ne va pas un peu trop loin ?

— Mmm... Quoi ?

— L'émission de radio, Papa... Tu ne peux pas empêcher Maman de la faire ?

— Mais pourquoi ? Elle adore ça. Et d'ailleurs elle est vraiment douée. Régler les problèmes des autres, ça a toujours été son fort.

Il s'aventura dans les profondeurs d'un placard.

— Quelqu'un a mangé presque tous les raisins secs... Il ne manquait plus que ça.

Il jeta un regard accusateur à Julie.

— Ne me regarde pas... c'est sûrement Warwick, protesta la jeune fille.

— Zut, il en fallait absolument pour ma recette.

— Pas de souci, on peut faire des spag' à la bolognaise, dit Julie avec soulagement.

— Non, non, nous allons devoir innover, répondit son père, réjoui. Et si on utilisait des pruneaux ?

L'estomac de Julie réagit violemment. Elle décida de ne pas y penser.

— Mais... quand Maman publie ses articles à la noix dans le journal, ou divague à propos de la sexualité des adolescents, tu n'es pas mort de honte ?

— Non, pourquoi veux-tu que j'aie honte ? Tant que je ne suis pas obligé de le faire à sa place ou d'écouter ses conseils...

Il fut seul à rire de sa plaisanterie.

— En fait, je suis plutôt fier d'elle, poursuivit-il en coupant des oignons. Et d'ailleurs, elle s'amuse beaucoup... Dans un sens, elle essaie de se trouver.

À cet instant, Warwick entra dans la cuisine. Avec son grand corps décharné, il paraissait gauche et empêtré, et il affichait en permanence une expression de stupeur.

— Je vais au centre d'horticulture, marmonna-t-il.

Il examina Julie à travers ses lunettes :

— C'est un bouton que tu as sur le menton ?

— Oh, occupe-toi de tes graines !

Warwick ramassa une poignée de rondelles d'oignon et une olive.

— Ta mère voulait que je te rappelle de te faire vacciner contre le choléra, dit son père. On n'aimerait pas que tu attrapes une saleté.

Warwick pâlit, reposa l'olive et s'éloigna.

— Allume la radio dans le salon pour que je puisse entendre ta mère, tu veux ? ajouta M. Gee.

Puis il prit un autre oignon dans le panier et le découpa méthodiquement. Il disposa la viande, les œufs et les olives dans un plat, et contempla le tout d'un air admiratif.

Julie s'enfuit à l'étage et se jeta sur son lit.

— J'éteins la radio dès que le disque est fini, que ça te plaise ou non, lança Julie durement à Abaca. Je ne supporte pas de l'écouter... À tous les coups, elle va donner des conseils sur les tampons et les amoureux... Tous mes copains sont en train d'écouter, j'en suis sûre. Elle est tellement ringarde, parfois elle sort des trucs mortels. Ou alors elle essaie d'avoir l'air super-cool... et on se rend compte tout de suite qu'elle est complètement larguée.

— *Et maintenant, vous pouvez parler à Ginny Gee...*

— Oh, non, c'est elle. J'éteins.

Elle tourna le bouton. Le silence régna. Julie se rongea les ongles. Puis ralluma le poste.

— Je ne peux pas... J'ai besoin de savoir. Je ne peux pas écouter. Non, il faut que j'écoute. S'il Vous plaît, s'il Vous plaît, pourvu qu'elle soit normale. Juste pour cette fois. S'il Vous plaît, supplia Julie à voix basse.

Elle fut interrompue par la sonnerie stridente du téléphone.

Parfait, se dit Julie. J'ai besoin de me changer les idées.

4

LAURA DEMANDE DE L'AIDE À JULIE

— Allô ?

— Julie ? C'est moi, Laura.

Super, pensa Julie. Profitons-en pour régler le problème de ce soir.

Mais Laura avait d'autres projets.

— Écoute, il faut que je parle très vite parce que si Maman me surprend au téléphone, elle va piquer une crise. J'avais oublié que le devoir d'histoire est pour lundi. Elle croit que je suis dans ma chambre en train d'analyser « les causes et les conséquences de la révolte paysanne ».

— Oh, non, c'est pas *ce* lundi qu'il faut le rendre ! Je pourrai jeter un coup d'œil au tien ? demanda Julie.

Laura pouvait produire trois pages en dix minutes, même sur un sujet dont elle ne savait rien. Mlle Hopkirk l'appelait « Celle qui fonce tête baissée ».

— Ouais, si tu veux, Julie... Ça ne t'avancera à rien, mais bon. Je n'ai écrit que deux phrases. J'ai des choses beaucoup plus importantes en tête. Figure-toi que ta mère passe à...

— Je sais, je sais, soupira Julie. C'est horrible, choquant, mais je n'y peux rien. Toi, tu peux toujours éteindre la radio. Moi, je suis obligée de vivre avec elle.

— Tu ne te rends pas compte de ta chance. Au moins ta mère sait comment se tenir et...

Julie bafouilla d'indignation.

— Se tenir ? Reviens sur Terre ! Ma mère n'a jamais su se tenir.

— Tu n'as qu'à essayer de vivre avec la mienne, rétorqua Laura. Ta mère est vraiment cool. On peut lui parler de tout, quoi... La mienne, il suffit de prononcer le mot « garçon », aussitôt elle devient verdâtre et s'imagine que j'ai des amants. Elle peut parler, ajouta-t-elle, amère.

— Ma mère est tellement occupée à se mêler des affaires des autres qu'elle ne le remarquerait même pas, si j'avais des amants, marmonna Julie en curant son oreille gauche avec un doigt. Bref, qu'est-ce que tu voulais ?

— Eh bien, tu sais qu'on est censé appeler pour raconter des situations embarrassantes et tout ça ? Il y a aussi des cadeaux à gagner... Ils n'ont pas encore dit quoi...

— Une journée à *L'Écho* avec ma sainte mère, je parie, l'interrompit Julie.

— Oh, ça serait génial ! Je pourrais m'en servir pour mon livre.

Il y a des gens faciles à contenter, pensa Julie. Mais bon, Laura était une littéraire, elle écrivait dans le magazine du collège et elle lisait toutes sortes de livres compliqués. Julie, elle, préférait les éprouvettes à Tolkien et aimait mieux fabriquer un gaz nocif que rédiger une dissertation subtile.

— Je me demandais, poursuivit Laura, si je pourrais appeler pour que ta mère parle à la mienne... Tu sais, à propos de cette horrible histoire avec ce ringard de Melvyn.

— Oh, arrête, Laura, tu ne peux pas faire ça ! Ma mère va reconnaître ta voix. Et puis à ton avis, elle va prendre le parti de qui ? Elle s'entend hyper-bien avec ta mère.

— Exactement ! acquiesça Laura, triomphante. Si je téléphone en utilisant un autre nom mais en donnant tous les détails, Gini va me reconnaître. Une fois qu'elle aura compris l'enfer que ma mère me fait vivre, elle lui demandera gentiment de ne pas me gâcher l'existence. Elle est si compréhensive. Et comme ma mère la trouve géniale, elle en tiendra compte et elle fera ce qu'on lui dit.

— Je n'en suis pas si sûre, marmonna Julie, à qui l'expérience avait appris que les gens de plus de vingt-cinq ans écoutent rarement les conseils.

Laura soupira.

— Mais il faut bien que je fasse quelque chose, je ne peux plus le supporter... Maintenant ils se roulent des pelles devant le supermarché, là où tous mes copains peuvent les voir ! J'ai cru mourir. À leur âge !

Je peux venir chez toi pour téléphoner ? Ici, c'est impossible. Maman risque d'entendre.

Julie n'était pas convaincue, mais elle connaissait assez bien Laura pour savoir que lorsqu'elle avait une idée en tête, elle n'en démordait pas.

— Bon, d'accord, mais il faudra que tu sois rapide. Je vais appeler, donner un faux nom, et comme ça tu seras déjà sélectionnée pour passer à l'antenne. Alors dépêche-toi.

— OK. Merci. (Puis Laura ajouta :) J'aimerais tellement avoir une mère normale comme la tienne.

— Ma mère et la normalité, ça fait deux, répliqua Julie. À dans cinq minutes.

5

JOHN RUE
DANS LES BRANCARDS

Laura n'était pas la seule, ce samedi matin, à avoir des problèmes avec ses parents. À Billing Hill, John se disputait avec son père. Encore. Ou plutôt : M. Joseph hurlait tandis que John, son Walkman sur les oreilles, regardait les lèvres de son père remuer sur fond de rock.

Personne n'aurait pu deviner que John et son père étaient de la même famille. M. Joseph avait le visage rouge, quelques kilos en trop et aimait s'écouter parler. John était mince, anguleux, et ses cheveux bouclaient dans la nuque – ce qui faisait se pâmer d'admiration les filles de son collège. Ses longues jambes, toujours bronzées grâce aux week-ends passés sur son VTT, avaient aussi beaucoup de succès.

— Retire ces fichus machins de tes oreilles quand je te parle, cria son père en lui arrachant ses écouteurs. Je suppose que tu n'as pas entendu un mot de ce que je t'ai dit, fulmina-t-il.

Son triple menton trembla quand il enfonça rageusement un autre club de golf dans son sac.

— Ce n'est pas grave, rétorqua John, j'ai déjà entendu tout ça un million de fois. «*Après tout ce qu'on a fait pour toi, tu pourrais travailler un peu au collège, ce serait la moindre des choses.* » Ah, oui, après il y a la tirade avec «*Dieu t'a donné l'intelligence, essaie de t'en servir* » et «*Si seulement j'avais eu ta chance* ». J'oublie quelque chose ?

— Tu peux être insupportablement insolent par moments, John. Tu sais combien je tiens à ce que tu entres à Cambridge et...

— Attends une minute. Je n'ai jamais dit que je voulais aller à Cambridge. Toi et Maman, vous l'avez décidé pour moi depuis très longtemps. Tout ça pour que tu puisses crâner au club de golf et au Rotary !

Son père lui jeta un regard noir.

— Écoute, John...

À cet instant, la mère de John entra à pas feutrés dans la cuisine, les bras chargés de fleurs. Elle portait un caftan en mousseline de soie et des chaussons brodés. Toute menue, surtout à côté de son époux replet, elle donnait l'impression que le moindre souffle de vent pouvait la renverser. À tort. Elle était bien plus forte qu'elle ne le paraissait.

— Hors de mon chemin, s'il vous plaît... Il faut que j'aie terminé trois petits bouquets de demoiselles d'honneur pour 11 heures.

Elle posa les fleurs sur le comptoir et tendit la main pour attraper les ciseaux.

— Anona, j'essayais de raisonner John, s'énerva son mari. Je lui expliquais qu'avec l'intelligence qu'il a il devrait...

Mme Joseph, qui avait, elle aussi, déjà entendu tout ça une dizaine de fois, ne dit rien et sectionna quelques boutons de rose.

— Papa, tu vas m'écouter pour une fois ! cria John. Je ne suis pas aussi brillant que tu le crois. Depuis toujours j'entends : « John est un garçon si intelligent, il ira à Cambridge, hein, Johnny ? » Eh bien, je n'irai pas, un point, c'est tout.

M. Joseph, qui prenait des petites pilules roses pour la tension, et dont le teint virait au gris, attrapa son sac de golf et gagna la porte à grands pas.

— Regarde-moi bien, explosa-t-il. J'ai dû travailler dur pour monter l'échelle sociale tout seul... Personne ne m'a aidé. Je suis arrivé là où je suis aujourd'hui à force de courage et de détermination. Toi, on t'amène tout sur un plateau d'argent et ça ne te convient pas !

Il se tourna vers sa femme.

— J'y vais, maintenant. Peut-être que, toi, tu pourras faire entendre raison à *ton* fils.

John était toujours son fils à elle quand il ne se comportait pas comme le désirait son père. Lorsqu'il marquait cinquante points pour l'équipe de foot du collège, il devenait subitement le fils de son mari.

Une fois qu'il eut claqué la porte, elle s'adressa à John :

— Pourquoi mets-tu ton père dans tous ses états ? Tu sais comme c'est important pour lui que tu réussisses ta vie.

John était perché sur un tabouret de cuisine.

— Mais mon idée de la réussite n'a vraiment rien à voir avec la sienne... Je ne veux pas passer le reste de ma vie enfermé toute la journée dans un bureau affreux à gérer de la paperasse, grommela-t-il.

Sa mère soupira. Elle n'exprimait pas souvent son point de vue – son mari parlait pour deux –, mais elle comprenait ce que ressentait John.

— Il veut seulement que tu aies tout ce qu'il aurait aimé avoir, précisa-t-elle.

— Mais je ne suis pas comme Papa. Je ne rêve pas des mêmes choses que lui. Je ne veux pas devenir comme lui. Je refuse de faire de longues études. Pas question de rester coincé dans une école et de... !

Sa mère l'interrompit.

— Attends une minute. « Coincé dans une école » ? Est-ce que tu as une idée de ce que ça coûte de t'envoyer à Bellborough Court ? Et des sacrifices de ton père ? Tu sais que je garde un boulot ennuyeux pour renflouer la caisse ? On t'offre le meilleur départ possible dans la vie.

— C'est ma vie, au cas où vous ne l'auriez pas remarqué ! hurla John. J'ai quinze ans et demi... on croirait que je vais passer le bac demain. Et je ne vous ai pas demandé de payer cette école. J'aurais pu aller à Lee Hill avec tous mes copains de l'école primaire. Mais pour Papa, c'était hors de question.

— Oh, John, comment peux-tu comparer Lee Hill avec Bellborough Court ? Ne sois pas idiot, la plupart des gens donneraient n'importe quoi pour aller dans le privé.

Et la plupart des mères donneraient n'importe quoi pour ne pas avoir à travailler le week-end, pensa-t-elle. Aussitôt, elle eut honte d'être si égoïste.

John soupira. Ce n'était pas la peine de discuter. Il avait plein de copains à Bellborough, mais aucun d'eux n'habitait près de chez lui. Son meilleur ami, Rob, était au collège Lee Hill, comme Kevin, Ben et Doug. Ils s'en sortaient parfaitement. Et s'amusaient en même temps. Mais son père n'avait pas l'air de penser que s'amuser ait la moindre importance. Eh bien, ce soir, John comptait bien s'éclater.

— Au fait, dit-il, le père de Rob passe me prendre à 19 h 30 pour nous emmener à la discothèque.

Sa mère soupira.

— Bon... mais ça ne va pas plaire à ton père.

— Il n'est pas invité, répliqua John. De toute façon, ma vie ne tourne pas uniquement autour du travail. Tu n'as jamais fait la fête quand tu avais mon âge ?

Sa mère ne dit rien. Elle avait voulu beaucoup de choses quand elle avait l'âge de John, et elle n'en avait obtenu aucune. Voilà pourquoi il était si important que John mette toutes les chances de son côté. Mais, oui, elle voulait vraiment qu'il soit heureux. Ces derniers temps il avait semblé préoccupé, comme s'il avait envie de parler de quelque chose et qu'il n'y arrivait pas.

John prit son silence pour un encouragement.

— En fait, Maman, je pense que j'ai plus de points communs avec toi qu'avec Papa. Toi, tu es vraiment douée pour la couleur et le dessin, et tout ça. Tu vois, ce que je veux vraiment...

— Oui, John ! Dis-moi ce que tu VEUX !

Il ne faut pas qu'il finisse comme moi, songea-t-elle.

John saisit ses écouteurs qui étaient tombés par terre.

— Je vais te le dire. Pour le moment, la seule chose qui m'intéresse, c'est me barrer d'ici ! Partir loin de vous et de vos critiques permanentes. Je sors.

— John, où vas-tu ? John, reviens ! Je ne voulais pas... Dis-moi ce que...

Mais John était déjà loin.

6

LAURA FAIT
UNE RENCONTRE
FRACASSANTE

Laura attrapa sa veste sur la patère de la minuscule entrée, trébucha sur le parapluie de sa mère et donna un coup de pied au passage à l'annuaire téléphonique. Cette petite maison sombre était vraiment nulle. Laura était sûre que ses amis en parlaient derrière son dos. Leur ancienne maison avait des chambres spacieuses tandis que celle-ci était à peine plus grande qu'une niche de chien. Elle n'avait aucun charme... Impossible de trouver l'inspiration ici ! S'installer au 18, impasse Shakespeare avait été une terrible erreur. Cette maison ne leur apporterait que des ennuis. Sa mère avait changé et ça ne plaisait pas à Laura. Pas du tout.

Laura ne ressemblait pas à sa mère – celle-ci était blonde alors que Laura avait des cheveux auburn comme son père (« Et le caractère assorti », marmonnait sa grand-mère de temps en temps).

Mme Turner était mince alors que Laura était un peu ronde. (Cela était largement dû à son goût pour les biscuits au chocolat, les chips au fromage et d'autres douceurs.) Par ailleurs, la mère de Laura était sûre d'elle-même, toujours calme. Tout le contraire de Laura. Cette dernière sortait de ses gonds à la moindre provocation. « Virginia Woolf était comme ça, elle aussi », disait-elle à ses amis quand ils en avaient assez de ses crises.

Quand son père était parti, sa mère avait annoncé qu'elle allait chercher du travail. Laura n'aimait pas l'idée que les gens soient au courant de cette situation.

Laura et sa mère s'entendaient très bien – jusqu'à Melvyn qui, selon Laura, avait transformé sa mère. Un jour Mme Turner était toute fofolle et insouciante, le lendemain elle était prête à étrangler la Terre entière et chipotait sur tout, depuis les trognons de pomme sous le lit jusqu'au temps que Laura passait au téléphone. Le plus souvent, Melvyn venait chez elles pour dîner, tondre la pelouse, ou aider à changer le papier peint des toilettes. Avec un rictus stupide, il essayait de faire « ami-ami » avec Laura. Elle n'en pouvait plus.

Grand-mère disait que ça prendrait du temps, que Laura devait tâcher d'aider sa mère à traverser cette période difficile. Laura s'efforçait d'être gentille mais il y avait des jours où elle avait envie de hurler : « Et ma vie à moi ? C'est pas moi qui ai poussé Papa dans les bras de l'abominable Betsy ! C'est pas moi qui ai voulu m'installer dans ce pavillon minable pour écrire mon roman ! Ma vie est dévastée ! »

Laura sortit brutalement son vélo du garage étroit, en annonçant à sa mère qu'elle allait chez Julie. Celle-ci vivait à trois minutes de là dans le quartier à la mode.

La famille de Julie était vraiment riche : la mère, journaliste, animait une émission de radio. Elle achetait ses vêtements dans des boutiques, pas dans des grandes surfaces. Elle souriait tout le temps.

Laura avait remarqué que pour les gens fortunés, c'est beaucoup plus facile d'être de bonne humeur que pour les autres. Et même si le père de Julie était au chômage, ils allaient chez le traiteur presque tous les samedis soir et louaient des cassettes vidéo à 7 euros sans que personne râle.

Julie a tout, pensa Laura en soupirant, même de super-bonnes notes en physique et en chimie. Je parie que sa mère ne lui crie jamais dessus. Parce que, elle, elle se rend compte du tort que ça peut faire aux enfants. Et je suis sûre qu'elle ne se mettrait jamais avec un ringard comme Melvyn.

Ça, c'était une autre raison pour laquelle Laura enviait Julie – son père était toujours à la maison.

Tout le monde avait été surpris quand le père de Laura était parti. « Il avait l'air d'un type solide », s'était étonné son oncle. « C'est bizarre », avait murmuré sa tante. « Quand je pense qu'il était expert-comptable », avait dit la voisine d'à côté, Mme Bramhill, en faisant la grimace. Comme si le calcul des pertes et des profits était le secret infaillible des mariages qui durent.

Papa s'était installé avec l'abominable Betsy. Sans doute pour se consoler d'avoir été rejeté par Maman, supposait Laura. Il ne pouvait pas réellement préférer l'abominable Betsy à Maman : Betsy avait les cheveux noirs et un grand nez, elle portait des jupes Laura Ashley et des pulls avec col en dentelle, et elle cueillait des baies dans les buissons au bord de la route pour en faire du vin.

D'après Laura, elle avait mis le grappin sur Papa pour son argent (l'argent dont Maman disait qu'elle ne voyait jamais la couleur). Elle préparait du vin de sureau pour masquer l'arsenic qu'elle avait l'intention d'utiliser pour le zigouiller. Laura avait prévenu sa grand-mère que l'abominable Betsy fomentait un mauvais coup, et qu'elles devraient alerter la police. Mais tout ce que Grand-mère avait répondu, c'était que Laura avait une forte tendance à dramatiser les événements.

La mère de Laura, elle, disait des horreurs sur son père. Elles s'étaient encore disputées à ce propos la veille. La grand-mère de Laura avait demandé : « Tu as reçu le chèque de Peter ? » Mme Turner avait répondu : « À ton avis ? Cet homme a-t-il jamais lâché un sou sans y être obligé ? » Pendant ce dîner, Laura se sentait super-mal à cause de ses règles, d'un 8 en biologie et du foie de volaille qui se trouvait dans son assiette. Et aussi parce qu'elle en voulait à mort à son père de ne pas être là. Elle avait éclaté en sanglots :

— Tu es horrible avec Papa ! C'est pour ça qu'il est parti... personne ne voudrait vivre avec TOI ! Je te déteste ! Moi aussi, je voudrais quitter cette baraque pourrie ! »

Puis elle avait repoussé sa chaise et s'était ruée dans sa chambre. Elle s'était jetée sur son lit, pleurant bruyamment afin que sa mère se sente vraiment coupable. Laura voulait qu'elle vienne lui dire qu'elle était désolée, qu'elle se rendait compte que tout était de sa faute, qu'elle allait demander à Papa de quitter l'abominable Betsy et de revenir vivre avec elles. Ils retourneraient dans leur ancienne maison, et la vie redeviendrait normale. Mais sa mère ne se montra pas, l'ignorant complètement.

C'est ça, le problème, pensa-t-elle tandis qu'elle descendait en roue libre sur Billing Hill en direction de chez Julie. Maman ne se soucie plus de mes sentiments ni de mon avis. Maintenant que j'y pense, Maman ne se soucie plus de rien, ni de la peinture qui se décolle sur le rebord de la fenêtre, ni du fait que Melvyn est un idiot sans humour. On dirait qu'elle s'en fiche. Eh bien, il est temps de réagir, décida Laura.

Elle était si absorbée dans ses pensées qu'elle ne vit pas le VTT rouge sortir à toute allure d'une allée sur la droite. Enfin, pas avant qu'une roue ne s'emboîte dans la sienne. Il y eut un affreux crissement, puis un craquement, et elle se retrouva par terre. Au-dessus d'elle, elle vit une roue de vélo qui tournait à toute vitesse, et un garçon avec des cheveux magnifiquement bouclés, qui avait l'air très fâché.

— Tu es malade ou quoi ? hurla-t-il.

Il démêla le fil de son Walkman enroulé autour du guidon de Laura puis se releva en chancelant. Laura, étalée sur le trottoir, le considéra avec stupeur.

7

JOHN S'ÉNERVE

Il ne manquait plus que ça.

John ramassa son précieux vélo : le garde-boue était éraflé, le gravier avait piqueté la peinture, mais au moins rien n'était cabossé ou tordu. Par contre, tous les croquis pour la couverture du magazine de l'école étaient éparpillés sur la route. Fichus, sans doute. Quelle plaie, cette fille !

L'intéressée se releva péniblement, et tandis qu'il tâtonnait pour rassembler les feuilles de papier sali, John remarqua qu'elle avait les mains écorchées et que sa joue gauche saignait. Et qu'elle le fixait d'une manière assez déconcertante.

Il se sentit soudain mal à l'aise. En secouant ses dessins pour enlever la boue, il s'efforça de paraître nonchalant malgré une douleur épouvantable au coude droit.

— Tu ne regardes jamais où tu vas ? jeta-t-il.

— Moi ? Moi ? hurla la fille, si tu te rappelles bien, je roulais tranquillement du bon côté de la route. C'est toi qui es sorti de ce chemin comme un diable de sa boîte. Alors ne recommence pas à m'accuser, espèce de ringard !

John la regarda à son tour avec stupeur. Il s'était attendu qu'elle fonde en larmes ou qu'elle s'excuse. Elle avait du cran, il pouvait lui accorder ça. Ça devait être ces cheveux roux qui la rendaient si farouche. En fait, elle avait un visage vraiment intéressant. Néanmoins elle constituait la goutte d'eau qui fit déborder le vase.

— C'est incroyable que tu aies le droit de sortir dans la rue toute seule. On ne devrait même pas te confier un landau de poupée, encore moins un vélo, explosa-t-il. Abrutie ! ajouta-t-il pour faire bonne mesure.

— C'est toi qui manques de cellules grises, oui ! Tu vois ces trucs ? Ça s'appelle des freins. Quand tu appuies dessus, le vélo ralentit.

Elle insista délibérément sur chaque syllabe comme si elle parlait à un simple d'esprit.

— En général, les gens ralentissent avant de s'engager sur la route. En général, les gens regardent où ils vont. Les gens qui ne sont pas égocentriques, en tout cas.

(Elle avait découvert le mot « égocentrique » la semaine d'avant et trouvait qu'il sonnait bien. Elle envisageait de l'utiliser dans son roman.)

Soudain, il sourit.

— OK, OK, on fait la paix. J'étais fou de rage quand je suis sorti de chez moi. Je pédalais n'importe comment. Problème avec les parents, expliqua-t-il en levant les yeux au ciel.

— Bienvenue au club, marmonna Laura.

John regarda ses mains.

— Tu es sûre que ça va ?

Elle pouvait gérer la colère et les cris, mais son sourire l'avait rendue toute molle.

— Oui, dit Laura. Désolée pour le...

— Non, ce n'est pas grave. Je m'appelle John, au fait.

— Moi, c'est Laura. C'est quoi, tout ça ?

Laura désigna la pile de papiers dans la main de John.

— Oh, rien. Juste des trucs... des trucs pour le collège, bredouilla-t-il.

Il aurait préféré qu'elle ne le dévisage pas ainsi. Il se sentit brusquement maladroit et gêné, sur le point de virer au rouge tomate. Et il était sûr qu'elle regardait les affreuses pustules de son menton.

— Bon, il faut que je fonce... J'ai des trucs à faire, des gens à voir.

Il fourra les dessins dans la sacoche.

Laura, muette, prit son vélo, sans cesser de le regarder. John enfourcha le sien en lançant : « À la prochaine ! » et fila dans la descente. Laura ne bougea pas.

Je crois, pensa-t-elle, tandis que la douleur martelait sa joue, je crois que je suis amoureuse.

JULIE EN LIGNE

À la station de radio, les appels se succédaient.

— *Bon, on a eu Russel dont la mère s'imagine qu'il va porter les pulls qu'elle lui tricote... Patty, dont la grande sœur flirte avec son petit copain... et Melanie, dont la mère ruse pour éviter la file d'attente à la caisse en faisant semblant d'avoir un malaise.*

Denis Laurie adressa un sourire rayonnant à Ginny.

— *... Vous allez tous participer au tirage au sort pour gagner une visite des coulisses de* L'Écho, *menée par Ginny Gee en personne.*

Génial ! pensa Julie, tandis qu'elle composait le numéro.

— *Alors continuez à appeler. On fait une petite pause maintenant pour les infos locales et la météo, mais on revient juste après et, j'espère, vous aussi.*

Denis s'affala dans sa chaise et sourit à Ginny.

— Bon, voyons voir ce qu'on a pour toi après la pause.

Il jeta un coup d'œil à l'écran de son ordinateur, où figuraient tous les appels en attente.

— Il y a Samantha : son frère l'embête parce qu'il n'arrête pas de lui dire qu'elle est grosse... Kirsten, treize ans : elle a honte de son zozotement... Sumitha : petit blème avec des parents qui...

— Oh, non, Denis... mets-la en dernier, celle-là, et après explique-lui qu'on n'a plus le temps. Sumitha est dans la classe de ma fille et je connais la famille... Non, merci ! Je ne veux pas d'ennuis, soupira Ginny.

— OK. Après, on a Mia dont le père s'est fait arrêter pour excès de vitesse... par le père de son petit copain qui est flic ! Trop marrant ! Et puis Becky, quatorze ans : son père et sa mère se sont séparés. Ça roule pour toi, tout ça ?

— Ça m'a l'air très bien, dit Ginny.

Elle s'examina dans son miroir de poche et tapota ses cheveux.

— Fin des infos, Gin. Un peu de musique et c'est à toi. D'accord ?

— Pas de problème, Denis. Je suis tout à toi.

Heureusement que non, pensa Denis.

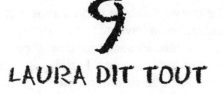

9
LAURA DIT TOUT

— Tu en as mis du temps... Qu'est-ce qui t'a retenue ?

Julie s'effaça devant la porte d'entrée pour laisser passer Laura.

— Hé, Laura... tu es toute sale ! Qu'est-ce qui est arrivé ?

— Je te raconterai plus tard... Tu as appelé Hot FM ?

— Oui, et d'ailleurs je croyais que tu allais rater ton tour. Il faut donner ton numéro de téléphone à une dame et elle te rappelle. Alors j'ai fait semblant d'être toi. Seulement elle a déjà rappelé, on est en attente. Vite !

— Tu n'as pas donné mon vrai nom, hein ?

— Non, idiote... maintenant tu t'appelles Becky. Je parie que ça ne marchera pas. Je veux dire, ma mère est peut-être folle mais elle n'est pas débile. Elle va forcément te reconnaître.

— C'est justement l'idée, répliqua Laura. Elle est équilibrée, ta mère. Elle va se rendre compte qu'on

47

me gâche la vie, alors elle parlera à ma mère et tout redeviendra comme avant.

— Si tu le dis. Pour le moment, prends ça.

Julie lança le récepteur à Laura.

— ... Il faut que tu écoutes au téléphone ce qui passe à l'antenne jusqu'à ce qu'ils annoncent ton nom.

— Je suis nerveuse, souffla Laura.

— Pense à Melvyn !

Laura fit la grimace.

— *Becky... tu es là ?*

— Hé, c'est moi, murmura Laura, agitant le bras dans la direction de Julie.

— *Becky ? Bonjour, tu es sur Hot FM, je passe ton appel à Ginny.*

La voix enjouée de Ginny retentit dans le combiné.

— *Bonjour, Becky... alors, quel est ton problème ?*

— *Euh, eh bien, c'est ma mère, en fait. Elle a rompu avec mon père et elle s'est trouvé un autre homme qui, pour être franche, est répugnant. Mais elle ne s'en rend pas compte.*

Laura prit une profonde inspiration.

— *En fait, elle se comporte d'une manière vraiment embarrassante. Ils se font des câlins en public, carrément. Devant les boutiques et les bars et tout. Je lui ai dit qu'elle ne devrait pas se comporter comme ça, à son âge, mais elle rigole ou bien elle me crie dessus. Elle dit que je ne comprends pas et qu'elle a le droit de s'amuser un peu.*

— *Bon, quel est le fond du problème, Becky ?* demanda Ginny, sur un ton qu'elle espérait compréhensif. *Tu ne supportes pas de la voir s'amuser ?*

— *Non, bien sûr que non. Mais elle a des copines...*
Si elle se sent seule, elle peut aller au cinéma avec elles
ou jouer au tennis, des trucs comme ça.

Laura avala sa salive.

— *En tout cas, elle devrait essayer de récupérer mon*
père, au lieu de rester collée à ce ringard.

« Ringard. » Ginny avait entendu ce mot-là aupa-
ravant, quand Laura... Oh, non. Ginny se racla la
gorge et fit une grimace à Denis. Il ne regardait pas.

— *Bon, Lau... Becky,* commença-t-elle, *tu sais, ta*
mère est sans doute simplement en train de se remettre
d'une période de sa vie très perturbante. Elle a besoin
d'amitié et d'affection, d'amour même. Et bien sûr, quand
les gens se manifestent leur affection, ça ne veut pas dire
qu'ils vont se marier et avoir beaucoup d'enfants.

Elle rit d'une manière qu'elle espérait rassurante.

Laura, elle, avait un peu peur de se mettre à pleurer.

— *Mais elle devrait être avec mon père, pas avec lui !*

Ginny faisait des signes désespérés du bras à
l'assistante derrière la vitre. « Essaie de te débarrasser d'elle », articula-t-elle en silence. L'assistante
était trop occupée à répondre au téléphone pour s'en
apercevoir.

— *Eh bien, Lau... euh, Becky, je crois que ton père*
et ta mère ne s'entendent pas bien pour le moment, et ils
sont les seuls à pouvoir décider ce qui est le mieux pour
eux. Tu dois essayer de le comprendre. Je veux dire, tu
as sûrement des amis qu'elle n'apprécie pas... Exactement
comme elle en a un qui ne te plaît pas trop. Peut-être
que tu devrais en discuter calmement avec elle...

— ... et lui dire ce que tu ressens pour trouver ensemble un moyen d'arranger ça, finit Julie, en silence, pour Laura.

— ... *et lui dire ce que tu ressens pour trouver ensemble un moyen d'arranger ça*, continua Ginny. *J'espère que ça pourra t'aider, ma puce.*

Elle visa le genou de Denis avec un de ses talons aiguilles et frappa frénétiquement dans ses mains.

— *Ah oui, bon, merci, Ginny Gee. Voilà, « les coups de gueule en direct », c'est fini pour aujourd'hui.*

Denis Laurie fit glisser vers le haut le bouton de mixage, et le son de Madonna envahit le studio.

— Blèmepro ?

Ginny se demanda pourquoi les disc-jockeys parlaient toujours en verlan.

— Si on veut... c'était une copine de ma fille qui essayait de faire semblant de ne pas l'être. Franchement, ces gamins, ils croient qu'ils ont réponse à tout !

Elle soupira.

— Bon sang, la pauvre Emily Turner... surprise en plein baiser devant le supermarché.

— Pardon ? fit Denis, l'air ahuri.

— Rien... Je rentre chez moi affronter la tempête. À la semaine prochaine.

— Je ne suis pas sûre que ça arrange grand-chose, se lamenta Laura. Elle n'avait pas l'air de comprendre la gravité de la situation.

— Elle s'est rendu compte que c'était toi, en tout cas.

— Bon. Alors tu penses qu'elle va parler à Maman ? demanda Laura, pleine d'espoir.

— Je suis sûre que oui, affirma Julie, en songeant que la conversation en question risquait de ne pas être tout à fait celle que Laura avait en tête. Bon, reprit-elle, impatiente de changer de sujet, tu vas enfin me raconter pourquoi t'as l'air d'un épouvantail.

Laura baissa les yeux et vit avec surprise son jean taché de boue et ses mains écorchées.

— Ah, oui, ben, je suis tombée de vélo.

— Pas de bol.

— C'était merveilleux, murmura Laura avec un sourire rêveur.

— Pardon ?

— Il était tellement... génial.

— Qui ça ?

Julie se demanda si Laura s'était aussi cogné la tête.

— John.

— Laura, s'écria Julie, est-ce qu'on peut reprendre cette conversation au début, s'il te plaît ?

Alors, Laura raconta à Julie sa rencontre avec John. Après l'avoir entendue parler pendant un quart d'heure des yeux incroyables du jeune homme, de sa voix fabuleuse et de ses jambes superbes, Julie regretta d'avoir posé la question.

10

JOHN PREND UNE DÉCISION

John n'avait vraiment pas la moindre idée de l'endroit où il filait quand il abandonna une Laura songeuse au bord de la route. N'importe où, pourvu que ce soit loin des litanies de son père.

Il pédala jusqu'au canal, jeta son vélo par terre et s'affala sous un arbre. Ce qu'il détestait être fils unique ! Tous les espoirs, toutes les craintes et toutes les ambitions de son père reposaient sur lui seul. Il en avait toujours été ainsi... Ses parents avaient voulu qu'il soit le premier gamin de sa classe à connaître les tables de multiplication, le premier qui sache lire, et celui qui court le plus vite. Pourquoi ne pas le laisser simplement être lui-même ?

Son père aurait voulu faire des études, mais il avait dû gagner sa vie très tôt. L'université avait toujours représenté pour lui la plus haute distinction. John savait que son père serait effondré si son fils n'y allait pas. Pourtant, il devrait bien s'y faire.

Le jeune homme sentait que sa mère était de son

côté. Mais chaque fois qu'il la poussait à dire ce qu'elle pensait, elle se fermait comme une huître et défendait son mari. Mme Joseph était une artiste ; elle semblait lasse de s'occuper du petit commerce qu'elle avait monté : compositions de gerbes et de bouquets de fleurs artificielles. En plus elle enseignait l'art floral, mais n'était guère passionnée par cette activité. John, lui, ne voulait pas faire un boulot qui ne lui plaisait pas. Son père n'avait pas l'air heureux non plus. Alors comment le garçon pouvait-il espérer que ses parents comprennent ? Leur univers était si étriqué. C'était perdu d'avance.

Pourtant il était certain d'une chose : il devrait leur dire ce dont il rêvait vraiment. Il ne voulait pas rester à Bellborough Court. Il voulait aller à Lee Hill : là, il pourrait faire ce qui l'intéressait vraiment.

Et ce soir, il le leur dirait. Après la sortie en boîte.

Pendant que John prenait de grandes résolutions, assis au bord du canal, sa mère se préparait à livrer ses bouquets. Elle en avait franchement assez. Les revenus de Henry avaient considérablement diminué. John avait encore au moins trois ans d'école. Mme Joseph était donc obligée de continuer ce travail. Elle avait des devoirs envers Henry et John, un point, c'est tout. Elle bâilla. À quarante-quatre ans, elle mourait d'ennui.

11

LAURA DÉMASQUÉE

Le père de Laura, Peter Turner, conduisait Sonia et Daryl (les enfants de Betsy) à leur leçon de natation. Il aurait aimé que Laura soit là. Il était de si bonne humeur qu'il avait laissé Sonia régler l'autoradio sur la station locale. En temps normal, Peter aimait conduire en écoutant Mozart ou Berlioz ou, les plus mauvais jours, Mahler, mais aujourd'hui il était plein de générosité, prêt à entendre les Cranberries s'il le fallait.

Ce matin, il avait appris que l'agence avait trouvé un acheteur pour la maison de Preston Abbott. Peter pourrait donner à Emily sa part de la somme et, plus important, acheter pour lui et Betsy une maison assez grande pour que Laura y ait sa chambre. Ainsi, elle pourrait venir passer la nuit beaucoup plus souvent.

M. Turner souffrait beaucoup de l'absence de sa fille. Son drôle de visage couvert de taches de rousseur, la manière dont elle transformait le moindre problème en tragédie lui manquaient. Et même son caractère coléreux.

— *Je lui ai dit qu'elle ne devrait pas se comporter comme ça, à son âge...*

Peter tendit l'oreille. Cette voix lui semblait familière. Il monta le volume.

— J'ai envie de vomir, lança Daryl depuis le siège arrière.

— Mais non, dit Peter, qui savait que Daryl essaierait n'importe quoi pour éviter la leçon de natation.

— Mais si ! insista Daryl.

— Silence ! cria Peter. (Comme sa fille, il ne possédait pas des trésors de patience.) J'écoute la radio.

— Je croyais que tu n'aimais pas Hot FM, intervint Sonia. Tu disais qu'ils ne racontent que des bêtises. Et ne crie pas après mon frère, ajouta-t-elle.

Elle n'allait pas laisser cet intrus prendre trop de libertés.

— *En tout cas, elle devrait essayer de récupérer mon père, au lieu de rester collée à ce ringard*, poursuivit la voix de la radio.

« Ringard » ! Le mot de Laura pour désigner tout le monde, depuis le laitier jusqu'à son cousin Jeremy. C'était Laura !

Laura parlait de sa mère à la radio. De ses parents, en fait. Il surprit une hésitation dans la voix de Ginny quand elle prononça le nom de son interlocutrice. Ginny aussi l'avait reconnue. Il monta le volume pour mieux entendre ça.

Mais il n'entendit jamais. Parce que au croisement de la rue de l'Ouest et de la Grande Avenue, Daryl prouva irréfutablement qu'il avait envie de vomir.

12
LAURA PIQUE UNE CRISE

— Je suis là !

Laura jeta sa veste sur la première marche de l'escalier et entra dans la cuisine.

— Je suis surprise que tu aies fait cet effort.

Sa mère avait l'air triste. Ses yeux étaient d'un rouge suspect. Laura avala sa salive.

— Comment ça ?

Elle ouvrit le placard et prit un paquet de chips. Laura se tournait toujours vers la nourriture quand elle sentait approcher une crise.

— Attends voir... comment c'était ? « *Elle se comporte d'une manière vraiment embarrassante.* » C'est ça ? Ah oui, et : « *Elle ne devrait pas se comporter comme ça, à son âge.* » Reprends-moi si je me trompe.

Laura déglutit, mal à l'aise : sa mère n'écoutait jamais la radio le samedi matin ! Elle avait l'habitude de jardiner, ou de faire des courses. Et Laura n'avait pas voulu blesser sa mère, juste mettre un peu d'ordre dans leurs vies.

— Oh, euh, j'ai... Je n'ai pas pensé que tu écouterais Hot FM.

— Non, Laura, dit sa mère, tu n'as pas pensé du tout !

— Désolée. Honnêtement, si j'avais su que tu écouterais...

— Je ne veux pas en parler. Tu es privée de sorties. Tu ne vas pas, je répète, tu ne vas PAS en discothèque ce soir, et c'est sans appel.

Sa mère claqua la porte du placard pour souligner ses propos.

— Pourquoi ? Mais pourquoi ? Tout le monde y va, fit Laura, horrifiée.

— Tout le monde sauf toi, rectifia Mme Turner.

— Mais Sumitha vient dormir à la maison... et tu ne peux pas lui gâcher sa soirée, même si tu essaies de gâcher la mienne, protesta Laura.

D'accord, elle était punie, mais elle ne supportait pas l'idée que ses amis puissent être au courant.

— De toute façon, je n'avais pas encore trouvé le temps d'appeler les Banerji. Maintenant ce n'est plus la peine. Tu n'y vas pas. Et tu peux expliquer pourquoi à Sumitha.

Laura jeta son paquet de chips vide à travers la cuisine.

— Mais c'est impossible... Ils ont organisé une Grande Soirée du *Zig-Zag*... Ils distribuent des sacs de bonbons gratuits, et il y aura à manger et tout. Je ne peux pas rater ça.

Les yeux de Laura s'emplirent de larmes.

— Tant pis pour toi.

Sa mère tourna les talons.

Laura était très inquiète. Cette fois sa mère semblait hors d'elle. Laura savait que c'était elle qui avait tort, et parce que son week-end virait au désastre, elle perdit son sang-froid.

— Je te déteste ! Ça ne te suffit pas de me faire honte chaque fois que tu sors avec ce ringard, de nous installer dans ce taudis et de m'empêcher de téléphoner, il faut encore que tu gâches le peu de plaisirs qui me restent. Et maintenant tu vas me faire honte devant Sumitha. Elle ne va sans doute plus jamais me parler. Mais tu n'en as rien à faire... tu t'en fiches que je sois toute seule et que je n'aie plus d'amis.

— Laura, je t'en prie, cesse de dramatiser !

— Je n'arrive pas à croire que tu puisses me faire ça. Papa me laisserait y aller, lui. Mais Papa, il tient à moi. Toi, tu ne tiens à personne à part ton Melvyn chéri. JE TE DÉTESTE !

Sa mère soupira.

— Laura... Écoute-moi. Ce n'est absolument pas vrai. Bien sûr que je tiens à toi. Je t'aime, très très fort. Mais toi, à l'évidence, tu ne te soucies pas de moi ni de ce que je ressens. Je t'en veux d'être passée à la radio pour déballer ma vie privée à la moitié de la population prépubère de Leehampton !

— Ah, c'est bien... continue à insulter mes amis, pourquoi te gêner ? Puisque tu me détestes, tu n'as qu'à te mettre à les détester eux aussi, pendant que tu y es ! cria Laura d'une voix stridente.

— Je ne critiquais pas...

— Si ! Tu les as appelés puré... pé...

— PRÉPUBÈRE ! Ça veut dire : « qui approche la puberté ».

— Ah.

— Réfléchis une seconde, Laura. Tu te sentirais comment si j'appelais une émission de radio pour raconter au monde entier que ma fille s'enfuit à deux kilomètres quand elle aperçoit une araignée, qu'elle passe des heures à sillonner Conway Road dans l'espoir d'apercevoir Duncan Nisbet, et qu'elle a une trouille monstre de monter à l'étage dans le noir ?

— C'est différent.

— Non, pas du tout. Je ne le ferais pas parce que je ne voudrais pas te blesser. Je ne le ferais pas parce que ça ne regarde personne. Mais bien sûr, j'oubliais. Les mères ne sont pas censées avoir des sentiments, hein ? Elles sont là pour faire la cuisine, et le ménage, et les courses, et trouver l'argent pour les Kickers, les discothèques et les nouvelles couettes. Mais avoir des sentiments ? Oh, non, les mères ne ressentent jamais rien !

Et sur ces mots, la mère de Laura fondit en larmes et quitta la cuisine en claquant la porte.

Tout à coup, Laura regretta qu'on ait inventé la radio.

13
EMMA ÉCRIT UNE LETTRE

Laura se sentait totalement mal aimée et un peu coupable ; Ginny Gee, au feu rouge, bouillait d'agacement pour s'être laissée avoir par la copine de sa fille. La mère de Laura essayait d'empêcher son mascara de couler et se demandait pourquoi les gens font des enfants... Pendant ce temps, Emma Farrant, assise en tailleur sur son lit, écrivait une lettre à sa grand-mère.

« Les Sables »
49, Billing Hill
Leehampton LE4 4UP

Chère Mamie,
Je te remercie beaucoup pour l'argent que tu m'as envoyé. J'économisais pour ce top génial chez Streetwear et, grâce à toi, je vais pouvoir l'acheter aujourd'hui ! En ce moment, je n'ai rien de bien à me mettre : Maman se

fiche de ce qu'elle porte, alors ça ne la dérange pas que j'aie l'air de sortir d'une vitrine de Jacadi.

Je ne me suis pas encore fait de vrais amis, mais il y a une fille, Laura, qui m'a proposé de sortir ce soir (l'endroit s'appelle le Zig-Zag et toute ma classe y va le premier samedi de chaque mois parce que c'est la soirée des moins de dix-huit ans). Eh bien, Maman dit que je ne peux pas y aller parce qu'elle ne sait pas si c'est bien fréquenté. C'est pas juste. Elle est la seule mère à faire des histoires. Tu ne pourrais pas aider Maman à se décrisper un peu ? Je parie que tu l'as laissée faire des tas de trucs quand elle était jeune. Toi qui es allée en Grèce à vélo et qui as nagé dans la fontaine de Trafalgar Square, tu as dû être une mère super-cool. Alors pourquoi Maman n'est pas un peu plus comme toi ? En biologie, M. Garrett a expliqué que nos gènes nous viennent de nos parents. Qu'est-ce qui s'est passé avec Maman ? On l'a échangée à la naissance ? (Je plaisante.)

J'aimerais bien que tu viennes nous voir bientôt. Tu es la seule à qui je peux vraiment parler sans devoir réfléchir d'abord à ce que je vais dire.

> Écris-moi vite.
> Mille gros bisous.
> Emma

Emma plia la lettre et la glissa dans une enveloppe. Elle espérait que ça marcherait, parce que si rien ne changeait rapidement, elle allait devoir prendre des mesures radicales.

14

COUP DE CHANCE POUR LAURA

Pourquoi le téléphone sonne-t-il toujours au moment où on ne veut plus jamais parler à qui que ce soit ? pensa la mère de Laura.

— Allô... Emily Turner à l'appareil.

— Ah, Emily, c'est Claire Farrant, nous nous sommes rencontrées devant le collège vendredi dernier. Je suis la mère d'Emma, vous vous rappelez ?

Ah oui, cette dame en duffel-coat, plutôt coincée, qui s'inquiétait de savoir si la surveillance des quatrièmes à la piscine était sérieuse, et qui allait chercher sa fille au collège parce qu'il y avait trop de chahut dans le car de ramassage. Qu'est-ce qu'elle pouvait bien lui vouloir ?

— J'espère que je ne vous dérange pas, mais j'ai un problème, poursuivit Mme Farrant.

— Eh bien, si je peux vous aider... dit poliment Emily.

Allez, lâche le morceau, ma vieille, pensa-t-elle.

— C'est Emma. Elle veut aller à cette espèce de soirée au *Ziggy* ce soir.

— *Zig-Zag*... reprit Emily machinalement.

— Oui, elle dit que votre petite Laura le lui a proposé... C'est adorable, d'autant qu'Emma se sent un peu seule, elle ne connaît pas encore beaucoup de monde. Mais pour être franche, j'ai des doutes... Vous savez, nous ne sommes ici que depuis quelques semaines, et je ne connais pas cet endroit. Alors j'ai dit non. Juste par acquit de conscience. Ça a fait un drame, avec portes qui claquent et tout le toutim. Elle assure que Laura y va souvent. C'est vrai ?

Emily hésita.

— Euh, oui, de temps en temps, mais en fait...

— Quel genre de réputation a cet endroit ? continua Claire. On n'est jamais trop prudent, n'est-ce pas ?

— Eh bien, à part que ça casse les tympans à cinq mètres et qu'on dirait un cachot, ce n'est pas pire que n'importe quelle autre discothèque.

Claire soupira.

— C'est bien fréquenté ? Je veux dire, Emma est très immature et, euh, elle n'a pas l'habitude de...

— Eh bien, Leehampton n'est pas le genre d'endroit où les vieilles dames se font attaquer et où l'on met le feu aux poubelles ! lança sèchement Emily.

Elle se ravisa. La mère d'Emma n'était sans doute pas aussi névrosée qu'elle le paraissait. Au moins, il y avait une autre femme qui trouvait qu'être mère n'était pas du gâteau. Elle prit une profonde inspiration et décida d'être coopérative.

— Ils ont des vigiles qui surveillent la porte, et cette soirée est réservée aux moins de dix-huit ans, alors ils ne servent pas d'alcool.

— Ah bon, alors, je suppose... que vous laissez Laura y aller. Apparemment, cette autre fille de leur classe... Julie, c'est ça ? Celle qui a les cheveux bouclés ? Elle y va aussi. Alors j'ai pensé... si je les emmène... elles pourraient peut-être y aller ensemble ? Je me sentirais bien mieux si Emma était accompagnée par une amie. Si vous êtes d'accord, bien entendu !

— Eh bien, le problème, c'est que... j'avais dit à Laura...

— Oh, je les ramènerai à la maison à 10 h 30. Et même plus tôt, sans doute. Ça ira, non ?

— En fait, j'ai dit à Laura qu'elle...

Emily se passa distraitement les doigts dans les cheveux.

— Oh, et puis flûte... Oui, oui, d'accord. Seulement, il y a aussi une autre gamine du collège, Sumitha Banerji. Je la garde pour la nuit, ses parents sortent ce soir. Vous pouvez l'emmener ?

— Oh, ce n'est pas un problème. Maintenant que j'y pense, ce nom me rappelle quelque chose... nous avons rencontré quelqu'un de l'hôpital, un collègue d'Andrew, qui s'appelle Banerji. Je me demande si c'est la même famille. De toute façon, ce sera bien pour Emma de rencontrer quelqu'un d'autre, poursuivit Claire.

Elle fit une pause pour reprendre son souffle avant de confier :

— Apparemment, elle n'a plus d'amis, à cause du déménagement.

— Vous êtes sûre que ça ne vous dérange pas de les accompagner ?

— Pas du tout. En fait, vous me sauvez la mise. Peut-être même qu'Emma va recommencer à me parler. Pour le moment, elle trouve que je suis nulle.

— Bienvenue au club ! À plus tard.

15

MERCI, EMMA !

Pour la sévérité, c'est raté, pensa amèrement Emily. Mais que pouvait-elle faire ? Apparemment, Laura avait pris Emma sous son aile. C'était injuste de gâcher la soirée d'une autre gamine simplement parce que la sienne avait fait une grosse bêtise. Malheureusement, Laura y verrait une victoire. En tout cas, Mme Turner n'avait pas l'énergie pour une autre discussion. Ces jours-ci, tout son temps libre était consacré à rédiger des lettres de candidature pour des postes dont elle ne voulait pas : il lui fallait trouver de l'argent. Et personne ne semblait avoir besoin d'Emily. Elle se sentait inutile.

— Laura, descends une minute, s'il te plaît, appela-t-elle.

L'intéressée envisagea un instant de ne pas répondre puis se résigna. Elle descendit l'escalier en traînant les pieds.

— Kesketuveux ? grommela-t-elle.

— Laura, pourquoi pleures-tu ? demanda sa mère.

— Moi ? Oh, pour rien. Après tout, pourquoi je pleurerais ? Tout baigne, non ? Je n'ai pas le droit de voir mes amis pour la soirée la plus importante de l'année. Et puis je vis dans...

— Tu peux sortir ce soir.

— ... une baraque minuscule... Qu'est-ce que t'as dit ?

— J'ai dit : tu peux sortir ce soir.

— Vraiment ?

Sa mère soupira.

— Vraiment.

— Oh, merci, Maman. Je t'adore, je t'adore. C'est vrai, je te jure. Et je suis désolée pour le truc à la radio. Franchement, je voulais t'aider, pas te blesser. Oh, merci. Qu'est-ce qui t'a fait changer d'avis ? Je peux t'emprunter ton eyeliner cannelle ?

— Oui. Et remercie la mère d'Emma Farrant.

— Quoi ?

— Oui, tu peux m'emprunter...

— Non, qu'est-ce que tu disais sur la mère d'Emma ?

— Mme Farrant m'a appelée tout à l'heure. Emma veut aller à la discothèque, mais comme ils sont nouveaux en ville, elle était un peu inquiète. Elle a pensé qu'Emma pourrait y aller avec Julie et toi. Elle vous emmène en voiture. Tout ce qu'on vous demande, c'est de vous occuper d'Emma.

— Tu as vraiment accepté que Mme Farrant m'emmène, MOI, à la discothèque, et qu'elle me ramène ?

— Oui... pourquoi ?

— Elle vient me chercher ? Ici ?

— Eh bien, non, chérie, en fait j'ai expliqué que tu irais chez elle en hélicoptère et que tu te poserais sur le toit. Bien sûr qu'elle vient ici ! Où veux-tu qu'elle aille te chercher ?

— N'importe où, n'importe où sauf ici. Oh, Maman, comment tu as pu suggérer qu'elle entre ici ? Tu ne te rends pas compte ?

Emily était perplexe.

— Euh, enfin, c'est plus ou moins sur son chemin. Et elle l'a proposé elle-même.

Laura haussa les sourcils, effarée par l'incompréhension de sa mère.

— Écoute, Maman, les Farrant habitent Billing Hill, dans une maison immense. Emma m'a invitée un jour après les cours. Ils ont une cuisine comme celles qu'on voit dans les magazines, deux salles de bains et un bureau et tout. Il ne faut pas qu'ils voient cette maison. Surtout pas.

— Bon sang, Laura, on croirait qu'on vit dans un bidonville ! Nous avons un pavillon parfaitement correct dans une petite rue parfaitement correcte. Même si on a habité dans une affreuse maison victorienne avec des courants d'air et une cave humide, ce n'est pas une raison pour croire que tout ce qui est plus petit qu'un hangar d'avions n'est pas assez bien pour toi.

— Oh, Maman, tu ne...

— ... comprends pas. Je sais. Apparemment je ne

comprends rien. Eh bien, si ! Je trouve que tu t'attaches beaucoup trop aux apparences. Ce n'est pas parce qu'on vit dans une maison modeste qu'on est des moins-que-rien. J'ai l'horrible impression que tu es en train de devenir une vraie snob. Toujours à t'inquiéter de ce que les gens vont penser.

— C'est mieux que d'être comme toi ! Tu te fiches de l'impression que tu donnes et de la manière dont tu te comportes ! cria Laura.

Ne pas s'énerver, se dit Mme Turner. Compte jusqu'à dix.

— Pourtant, tu es bien contente que Sumitha vienne dormir à la maison, dit-elle.

— C'est différent. Sa maison à elle est petite aussi. Sauf que ses parents en cherchent une plus grande à la campagne, ajouta-t-elle.

Elle semblait certaine que le monde entier était mieux loti qu'elle.

— Oh, bon sang, Laura... Alors, tu vas à cette fichue soirée ou pas ?

— Oui, oui... merci, Maman. Je vais téléphoner à Julie pour lui dire que j'attendrai Mme Farrant chez elle. Quand elle nous ramènera à la maison, il fera complètement nuit, heureusement.

16

LA CHANCE TOURNE
POUR EMMA

Emma était en train de cacheter l'enveloppe quand sa mère entra.

— C'est bon, tu as gagné, tu peux sortir ce soir.

Sa mère se mordillait la lèvre inférieure, signe qu'elle n'était pas totalement contente.

Emma en resta bouche bée.

— Dis quelque chose au lieu de me regarder fixement comme un poisson rouge ! reprit sa mère.

— Merci, Maman, c'est génial.

Emma bondit sur ses pieds et serra sa mère dans ses bras.

— Mais qu'est-ce qui t'a fait changer d'avis ?

— Eh bien, j'ai appelé la mère de Laura Turner pour savoir quel genre de jeunes gens fréquentent cet endroit, ce... *Zig-Zag*. Je lui ai demandé si Laura et Julie pourraient t'accompagner et garder un œil sur toi...

— Tu as fait quoi ? s'étrangla Emma.

— J'ai demandé à Mme Turner si cette boîte était correcte. Elle a affirmé que oui, alors j'ai proposé de vous emmener, comme ça Laura et Julie pourront garder un œil sur toi.

Oh, c'est génial, vraiment, pensa Emma. Merci, Maman. Merci mille fois. Fais comme si j'étais un gros bébé, te gêne pas !

Mais elle se tut. Et se mordit la langue. Emma détestait les disputes et faisait tout ce qu'elle pouvait pour les éviter. Seulement, ça devenait de plus en plus difficile.

La jeune fille ignorait pourquoi sa mère la traitait comme un bébé. Après tout, il y avait Samuel qui n'avait que six ans, et les jumeaux qui étaient de vrais bébés de trois ans.

— J'aurais préféré que tu n'aies pas demandé de garder un œil sur moi, Maman, risqua-t-elle.

Sa mère haussa les épaules et prit un air offensé.

— Ah, vraiment, Emma, je croyais que tu serais reconnaissante que je te laisse sortir. Je ne suis toujours pas très emballée par cette idée, mais si mes conditions ne te conviennent pas, tu n'es pas obligée d'y aller.

— Désolée... merci. C'est vraiment gentil de ta part.

Emma réfléchit rapidement.

— Je n'ai rien à me mettre.

— Ne sois pas stupide, chérie, dit sa mère, soulagée que l'orage soit passé. Il y a cette jolie petite robe bleue avec le col blanc, ou ta jupe en velours côtelé et...

— Ne t'en fais pas, Maman... je vais trouver quelque chose.

17

LA MÈRE DE JULIE
SE FÂCHE

Ginny chérie,
Je fais un saut à l'épicerie du coin acheter des raisins
secs pour le déjeuner. Julie en haut avec Laura, War-
wick parti au centre d'horticulture. Je lui ai parlé de son
vaccin : il est devenu tout blanc et il est sorti.

Barry

Ginny se dirigea vers le placard en titubant avec
ses deux sacs de courses. Mais pourquoi diable vou-
lait-il des raisins secs ? Ils allaient manger des
spaghettis à la sauce bolognaise et des tartelettes à
la confiture.

Puis elle remarqua le plat sur la plaque chauf-
fante. Elle renifla. Apparemment, encore une des
créations de Barry. Il était doué pour la cuisine,
impossible de prétendre le contraire ; simplement,
il ne se rappelait jamais que Julie et Warwick
avaient des goûts très classiques.

Brusquement, elle comprit. Que disait le message ?

Elle le relut : « Julie en haut avec Laura. » À nous trois, jeunes filles, pensa-t-elle. Elle allait foncer à l'étage quand son mari entra tranquillement par la porte de derrière, un sac d'épicerie dans les bras.

— L'émission s'est bien déroulée, chérie ?

— Il y a eu quelques bons moments, répondit Ginny. Qu'est-ce que fabriquent les filles ? Je croyais que Julie était censée t'aider, ce matin.

— C'est beaucoup dire. Elle a fait une brève apparition dans la cuisine, s'est plainte de ton travail pendant trois minutes et puis elle a disparu. Elle a passé presque toute la matinée en haut avec Laura, à papoter au téléphone.

— Laura était là ce matin ?

— Oui... elle ressemblait à un épouvantail déglingué, si tu veux mon avis. Elles se sont enfermées là-haut et elles ont jacassé, comme d'habitude.

Il posa les raisins secs sur le plan de travail.

— Mais Laura est partie maintenant... Je l'ai croisée en revenant.

— Bien.

Ginny se précipita au bas de l'escalier.

— Julie ! Viens ici ! TOUT DE SUITE !

— Qu'est-ce qu'il y a ? murmura son mari.

Il ouvrit la porte du four et posa sa création gastronomique sur la grille du haut.

— Je vais la tuer, marmonna Ginny.

Barry se retira dans le garage. Il avait apporté sa contribution à la sérénité de la vie de la maison, et si Ginny était de mauvaise humeur, il était plus prudent d'être hors de son chemin. Il laissa de côté le petit problème des six casseroles sales et des quatre plats empilés dans l'évier.

Julie entra dans la cuisine d'un pas traînant. Elle savait ce qui l'attendait.

Sa mère prit une profonde inspiration.

— Julie, commença-t-elle calmement, est-ce que Laura était dans cette maison ce matin quand elle m'a appelée sur Hot FM ? Je veux une réponse franche : oui ou non.

— Oui, dit Julie.

— Comment as-tu pu faire une chose pareille ? cria Ginny d'une voix stridente. Tu imagines à quel point ça a pu être gênant pour moi ?

— C'était pas mon idée...

— Je me fiche complètement de savoir qui a eu cette idée. Elle est venue ici pour appeler l'émission. Tu l'as laissée utiliser le téléphone. Sans toi, elle aurait sans doute abandonné ce plan stupide. Et la mère de Laura... comment crois-tu qu'elle se sente, maintenant ?

— Oh, t'en fais pas pour elle, elle n'écoute jamais « À vos marques », la rassura Julie.

— Eh bien, tu te trompes, mademoiselle Je-Sais-Tout. Emily m'avait dit qu'elle m'écouterait, aujourd'hui. Il se trouve qu'Emily est l'une de mes meilleures amies, au cas où tu l'aurais oublié. Du moins elle l'était, jusqu'à ce matin. Dorénavant, elle ne voudra plus me parler, c'est sûr.

— Désolée.

— Désolée ? Désolée ? Tu m'as mise dans une situation terriblement embarrassante, et là, tu ne trouves rien d'autre à dire ? Il faut que je téléphone à Emily... Qu'est-ce qu'elle peut bien penser, Dieu seul le sait. Elle a assez de soucis comme ça en ce moment, sans que tu en rajoutes. Quel micmac !

Ginny se passa les doigts dans les cheveux. Ce qui ne changea pas grand-chose car ses boucles étaient raidies par du gel à fixation forte.

— Je ne t'ai jamais demandé de faire cette stupide émission ! hurla Julie. Tu me fiches la honte chaque semaine, avec ces bêtises que tu écris dans le journal ou que tu racontes à la radio. Sans parler de tes fringues nulles. Tu n'arrêtes pas de répéter que tu es une « mère avisée avec un esprit jeune », mais tu fais une crise quand une amie à moi te demande effectivement de l'écouter. Je ne te comprends pas.

— Écoute, tu ne... Oh, zut, le téléphone.

Ginny décrocha vivement le récepteur.

— Allô ? Ginny ? C'est Emily.

Mme Turner n'avait pas l'air très en forme.

— Ah, salut, Emily... J'allais justement t'appeler...

— J'imagine que tu devines la raison de mon appel... Je...

La voix d'Emily s'éteignit.

— Écoute, Emily... je suis désolée. J'aurais tout fait pour empêcher ça, franchement. Je n'ai pas pu bloquer l'appel une fois qu'ils me l'ont passé... et bien sûr, elle a donné un faux nom, alors je n'ai pas su qui c'était avant d'entendre sa voix.

— Oh, Ginny, ce n'est pas à toi que j'en veux... c'est à ma fille. Je suis tellement humiliée...

— Il ne faut pas... Ça n'en vaut pas la peine...

Emily soupira.

— On pourrait penser, à entendre Laura, que j'ai une liaison extravagante. Melvyn est un ami, un bon ami, seulement. Et puis, qu'est-ce que Peter va penser ? On commençait tout juste à redevenir copains.

— Oh, il n'aura pas écouté ce genre de bêtises pour ados, la rassura Ginny.

— J'espère que non. Mais pourquoi elle a fait ça, Ginny ? Pourquoi elle ne m'a pas parlé, tout simplement ?

Emily semblait au bord des larmes.

— Parce qu'elle a quatorze ans, qu'elle croit tout savoir et qu'elle pense que tu ne sais rien... parce que c'est une ado agaçante, qui se prend trop au sérieux, bref elle est tout à fait normale.

— Qu'est-ce qu'ils vont penser de moi, ses copains ? et leurs parents ? Ils vont me prendre pour qui ?...

— Emily. Écoute. D'abord, combien de parents écoutaient la radio à ce moment-là, à ton avis ? Réponse : aucun ou presque. Deuxièmement, parmi ceux qui écoutaient, combien reconnaîtraient la voix de Laura ? Rappelle-toi, elle s'est fait appeler Becky. Ils étaient tous trop occupés à crier contre leurs propres gosses pour s'inquiéter d'une ado qui se plaint de sa mère à la radio.

Emily rit faiblement.

— Tu as sans doute raison. Je suis en train de me comporter comme Laura : je transforme un petit problème en catastrophe. De toute façon, j'ai interdit à Laura de sortir ce soir... J'ai pensé qu'il était temps que je la punisse sévèrement. Que je lui montre qui commande.

— Tu as eu raison. Je vais faire pareil avec Julie...

— Non, attends, l'interrompit Emily, j'ai failli oublier, je venais juste de prendre cette décision quand Claire Farrant a téléphoné... c'est la mère de la nouvelle, Emma...

— Ah, oui, je sais, son mari est chirurgien à l'hôpital... on a fait un article sur lui dans le journal, le mois dernier.

— Eh bien, elle était prête à laisser Emma sortir, mais à condition que Laura et Julie l'accompagnent. Alors... qu'est-ce que je pouvais faire ? J'ai cédé. Maintenant, Mademoiselle va sans doute penser que je suis une bonne poire... et, au fait, Claire les emmène. Tu peux donner sa soirée à Barry ! Oh, et Laura veut venir chez toi pour l'attendre. Apparemment, l'impasse Shakespeare est infréquentable.

Ginny grogna.

— Vraiment, ces gosses sont impossibles ! Euh, Emily...

— Oui ?

— On est toujours amies, hein ?

— Bien sûr que oui.
— Bon. Tant mieux.

Julie, qui était restée penchée sur la rampe pour espionner la conversation, poussa un soupir de soulagement. Ouf ! elle n'était pas interdite de discothèque.

— JULIE !

Enfin, pas encore.

Elle fila vers la cuisine. Sa mère brandissait une casserole vide.

— Tu ne pourrais pas donner un coup de main, de temps en temps ? cria-t-elle. Il y a de la vaisselle dans l'évier, du jaune d'œuf sur le plan de travail... Tu aurais pu ranger, au moins, pendant que je réparais tes bêtises.

Julie jugea préférable de ne pas discuter. Vu la situation, je ferais bien de prendre un torchon et de me rendre utile, se dit-elle.

18
SUMITHA RÉUSSIT LA PREMIÈRE ÉPREUVE

Chez les Banerji, Sumitha comptait les minutes qui restaient jusqu'au départ de ses parents.

— Bon, chérie, tiens-toi bien pendant notre absence, ordonna M. Banerji.

Il remplissait méticuleusement le coffre de la voiture. C'était un homme qui accordait une grande attention aux détails, depuis l'entretien de ses chaussures jusqu'au chronométrage du temps que sa fille consacrait à ses devoirs de français.

— Oui, Papa, répondit Sumitha.

Elle se demanda ce qu'aurait dit son père s'il avait su ce qu'elle avait l'intention de faire en réalité.

— Nous allons te déposer en route, comme ça je pourrai voir Mme Turner avant de partir, annonça la mère de Sumitha. Prends tes affaires, chérie.

Le cœur de Sumitha se serra. S'ils la déposaient, ils entendraient forcément parler de la discothèque.

— Nous n'avons pas le temps, Chitrita, protesta son père. Nous sommes déjà en retard.

— Mais, Rajiv, ça va paraître tellement grossier...
commença Mme Banerji en ajustant le sari jade et
or qu'elle avait acheté pour l'occasion.

— Ça ira, Maman. Vous n'avez qu'à me déposer
à l'entrée de l'impasse. Je dirai bonjour à Mme Turner de votre part et je lui expliquerai que vous étiez
très pressés.

— Bon, si tu es sûre...

— Chitrita, nous devons nous mettre en route.

Pendant tout le trajet jusqu'à l'impasse Shakespeare, le père et la mère de Sumitha lui donnèrent
des instructions.

— Dis « s'il vous plaît » et « merci ».

— Propose d'aider à débarrasser.

— Ne laisse pas une serviette mouillée dans la
salle de bains.

Sumitha avait acquiescé patiemment à toutes les
consignes. Une fois arrivée devant la maison des
Turner, elle sonna à la porte.

— Bonjour, ma chérie, dit la mère de Laura. Tes
parents n'entrent pas ?

— Non, madame Turner. Ils ont dû partir très
vite, expliqua Sumitha. Ils m'ont demandé de vous
remercier de leur part.

Sumitha lança l'un de ses irrésistibles sourires.

— Flûte ! je voulais leur demander s'ils sont bien
d'accord pour que tu sortes en discothèque ce soir.

— Oh, oui ! s'exclama Sumitha. J'ai toutes mes
affaires dans mon sac.

— Bon, fit la mère de Laura.

Elle appela :

— Laura ! Sumitha est arrivée.

Laura apparut dans le couloir.

— Tout va bien ? demanda-t-elle avec un regard complice.

— Super, affirma Sumitha. Super.

On apprenait, au cours de théâtre, à maîtriser son envie de rire. Cette technique se révélait fort utile en cet instant même.

19
LE PÈRE DE LAURA RÉFLÉCHIT

Le père de Laura avait voulu revoir leur ancienne maison de Preston Abbott, un antique presbytère. Cette maison semble plus monstrueuse maintenant que lorsqu'on y vivait, pensa-t-il.

Après leur emménagement, ils n'avaient pas tardé à découvrir que les grandes pièces, si belles soient-elles, coûtent une fortune à chauffer, et que les vieilles maisons abritent humidité et termites. Il avait fallu réparer le toit. À la fin, ils s'étaient mis à détester cette demeure qui prenait tout leur temps et presque tout leur argent. Ils avaient cessé de partir en vacances et acheté des tuyaux d'écoulement à la place. Chaque hiver ils bataillaient avec la chaudière et déplaçaient le mobilier aussi près du feu que possible.

Quand Emily et lui avaient décidé de se séparer, une seule chose les avait rassemblés : quitter cette maison. Mais Laura avait été anéantie. Pour elle, le Vieux Presbytère représentait tout ce qu'il y a de plus chic, et nourrissait son amour du théâtre. Elle passait des heures dans le pavillon d'été délabré à écrire des histoires de familles imaginaires qui vivaient là autrefois. Elle donnait toujours son adresse ainsi : Le Vieux Presbytère, Preston Abbott, alors qu'en fait c'était : Le Vieux Presbytère, 26, allée de la Forêt, Preston Abbott.

« N'indique pas la rue, Papa, avait-elle dit quand il avait fait imprimer du papier à en-tête, ça fait beaucoup plus classe. »

Peter sourit. Laura voulait toujours que tout soit parfait. Elle racontait à ses amis que son père travaillait dans la finance internationale, alors qu'en fait il était expert-comptable dans une société d'import-export. Elle était, il en avait bien peur, un peu snob. Mais c'était une adorable petite snob.

Il espérait qu'elle était heureuse. Mais de temps en temps, il en doutait. Comme ce matin. Il n'arrivait pas à se sortir l'émission de radio de la tête. Si seulement Daryl n'avait pas décidé de vomir dans la voiture, il aurait entendu la suite. Laura avait un problème, visiblement, et ça l'ennuyait. Peut-être qu'il devrait lui téléphoner. Oui, voilà : il allait appeler Laura dès ce soir.

EMMA SE COUVRE

Emma jeta un regard noir à son reflet dans le miroir et arracha l'élastique de sa queue de cheval. Devait-elle relever ses cheveux ? Elle avait copié une photo du magazine *Yell !* et trouvait que ça lui donnait l'air plus âgée. Mais si elle descendait avec un chignon sophistiqué, sa mère piquerait une crise, et sa soirée tomberait à l'eau. Elle décida de se coiffer une fois à la discothèque.

La voix de Mme Farrant retentit à l'étage.

— Emma chérie, c'est l'heure d'y aller.

Emma prit une profonde inspiration. Il fallait vraiment qu'elle fasse bonne impression ce soir. Se faire des amis quand on débarque dans une nouvelle école en plein milieu du trimestre, ce n'est déjà pas facile... alors, avec une mère qui vous traite obstinément comme un bébé...

Elle glissa le mascara, l'ombre à paupières et le rouge à lèvres dans la poche de son anorak et remonta la fermeture Éclair jusqu'au cou pour cacher sa tenue. Elle détestait cet anorak de bébé mais, pour une fois, il se révélait utile. Elle fourra dans son sac les escarpins argentés qu'elle avait « empruntés » à sa mère. Claire Farrant ne le remarquerait pas. Elle ne les portait jamais ; elle ne portait jamais rien d'élégant.

— Bon, écoute, Emma, commença Mme Farrant tandis qu'elle manœuvrait la voiture, tu refuses si jamais quelqu'un te propose des bonbons, ou à boire...

— Oh, Maman, arrête... je ne suis pas un bébé, soupira Emma. Je vais juste en boîte... pas dans un lieu de perdition, tu sais.

— Oui, bon, on n'est jamais trop prudent. Tu es sûre que tu as tout ? De l'argent pour téléphoner, un peigne ? Es-tu assez couverte ? Il fait encore très froid le soir. Qu'est-ce que tu portes là-dessous ?

— Euh, oh, ma chemise beige, improvisa vivement Emma en croisant les doigts derrière son dos.

— Oh, celle que je t'ai achetée chez Kids. Très joli, ma puce.

— Je crois qu'on arrive au tournant qui mène chez Julie, annonça Emma, pressée de changer de sujet. Il faut prendre la première à gauche après l'église.

— D'accord, chérie.

Mme Farrant s'arrêta devant le numéro 19.

— Je vais juste faire un saut pour récupérer tes amies.

— MAMAN ! Klaxonne, c'est tout !

Mme Farrant soupira.

— Chérie, klaxonner est très grossier. Je vais faire demi-tour dans l'allée, tu peux aller sonner.

Il y eut un craquement infernal quand Mme Farrant essaya d'enclencher la marche arrière. Un buisson de lauriers frémit : la roue arrière venait d'entamer une plate-bande.

— Oh, Maman, soupira Emma, reste où tu es. Ne fais plus rien. Surtout ne bouge pas.

21
DERNIERS PRÉPARATIFS CHEZ JULIE

Pendant qu'Emma essayait de négocier avec sa mère, Julie, Sumitha et Laura étaient en train de mettre la touche finale à leur tenue.

— Tu es sûre que ça va ? Tu ne crois pas que j'ai l'air trop grosse avec ce haut ? Et mon bouton ? Il se voit ?

Julie fronça les sourcils devant le miroir.

— Tu es superbe, franchement, dit Laura.

Les yeux écarquillés devant le miroir de la salle de bains, elle essayait de tracer une ligne régulière avec l'eyeliner « Cannelle Séduction » de sa mère.

— Qu'est-ce que je fais de mes cheveux ? gémit Sumitha. Oh, j'aimerais tellement pouvoir les couper. Je les déteste.

Elle secoua la tête et rejeta ses longs cheveux noirs dans le dos.

— Tu as de la chance, intervint Julie, toi au moins tu peux les relever. Les miens en sont à un stade affreux, ni courts ni longs, et ils frisent tout le temps. J'ai l'impression qu'ils ne vont jamais repousser.

Elle secoua ses boucles ondulées avec dégoût. Laura répliqua :

— Au moins les tiens ont une couleur décente. Roux, c'est l'horreur. Tu as déjà vu un top model avec les cheveux roux ?

— Mais tu veux être romancière, pas top model, rétorqua Julie.

— Ce n'est pas la question.

— De toute façon, les cheveux auburn sont un signe de créativité, déclara Sumitha. Des tas de poètes ont les cheveux roux.

Laura se sentit mieux.

— Qu'est-ce qu'elle va porter, Emma, à ton avis ? Sa mère est hors concours pour les vêtements, le maquillage et tout ça.

Elle fit la moue en appliquant des couches abondantes de « Rouille Brûlée ».

— Elle fait un peu sainte-nitouche... Emma, dit Julie. Et puis, elle est vraiment bébé. Je sais que c'est la plus jeune de la classe et qu'elle est nouvelle, mais elle est un peu nunuche, non ? Pourquoi tu lui as proposé de venir, Laura ?

— J'avais un peu pitié d'elle. Elle ne connaît personne et, ce jour-là, quand sa mère a débarqué pour venir la chercher, Emma avait l'air morte de honte. Imagine que ta mère fasse un truc comme ça ! Oh, et les affreux collants marron qu'elle portait !

— Sans parler du chapeau de pluie, ricana Julie.

Ginny appela du bas de l'escalier :

— Les filles, Mme Farrant est arrivée !

Sumitha se figea.

— Ce n'est pas ta mère qui nous emmène, Julie ? demanda-t-elle en s'étranglant.

— Non. Mme Farrant veut qu'on tienne la main de la petite Emma. Et en échange, elle fait les trajets en voiture.

— Oh, non ! s'écria Sumitha. Je croyais qu'on retrouvait Emma là-bas.

— Qu'est-ce que ça change, du moment qu'on y va ? fit remarquer Laura.

— Mais M. Farrant est le nouveau chirurgien à l'hôpital où mon père travaille, gémit Sumitha. Papa fait les radios pour lui. Imagine qu'ils parlent de cette soirée...

— Ça n'arrivera pas, affirma Julie.

Elle enfila sa veste en cuir noir et se passa une dernière noix de gel dans les cheveux.

— Les pères ne parlent jamais de ce genre de choses. D'ailleurs, le père d'Emma ne se doute pas une seconde qu'on sort en boîte ce soir, la rassura-t-elle.

— Tu as sans doute raison.

Sumitha n'avait pas l'air convaincue.

— Les filles ! Venez... Ne faites pas attendre Mme Farrant !

Ginny semblait agacée.

Elles descendirent bruyamment l'escalier.

— Bon, Julie, n'oublie pas : tu ne fumes pas, tu n'acceptes rien d'un... avertit Ginny.

— Oh, Maman, arrête, je vais craquer !... Tu n'es pas à la radio, là.

— Je préfère parler trop que pas assez, rétorqua calmement Ginny. Amusez-vous bien, les filles ! À plus tard.

Les filles s'entassèrent à l'arrière de la Polo de Mme Farrant. Elles se jetèrent un regard entendu quand elles virent Emma dans son anorak vert pomme et mauve boutonné jusqu'au cou. Elles ne pouvaient pas être vues dans la discothèque avec une fille comme elle !

— Salut, murmura Emma.

Elle paraissait anxieuse.

— Salut, répondirent les autres.

Il faisait atrocement chaud dans la voiture. Mme Farrant confondait le régulateur de température et la manette des essuie-glaces. Julie et Laura déboutonnèrent leurs vestes. Emma avait le visage cramoisi, mais elle resta tout de même emmitouflée.

— Mon Dieu, Julie, il est drôlement court, ton pull ! remarqua Mme Farrant. Tu ne risques pas d'avoir froid tout à l'heure ?

— Maman... siffla Emma mortifiée en s'enfonçant plus profondément dans son anorak.

— C'est un top, expliqua gentiment Julie. C'est super à la mode en ce moment.

Mme Farrant était plutôt étonnée de voir autant

de maquillage sur de si jeunes visages. Heureusement, Emma n'était pas comme ça.

La mère d'Emma n'était pas très sûre de l'itinéraire pour aller au *Zig-Zag* et le reste du trajet se passa sans plus de commentaires sur les tendances vestimentaires des passagères. Après avoir tourné trois fois au mauvais endroit, effectué deux fois le tour du rond-point de St Andrews et un bref trajet dans une rue à sens unique, elles arrivèrent enfin.

— Maintenant, mes petites fleurs, gardez un œil sur Emma...

— MAMAN !

Emma claqua la portière et se dirigea vers l'entrée. Les autres affichèrent des sourires angéliques et des hochements de tête dociles puis filèrent vers la discothèque.

En secret, elles pensaient toutes la même chose : en matière de mères, elles avaient rencontré la pire qui puisse exister !

22

EN DISCOTHÈQUE

20 h 30. Emma avait saisi le bras de Laura dès l'instant où elles étaient arrivées et avait foncé avec elle aux toilettes.

— Qu'est-ce qui se passe ? Tu es malade ? avait soufflé Laura.

Elle espérait qu'Emma n'allait pas être un vrai boulet.

— Non, j'ai juste besoin de ton aide.

Emma avait sorti son maquillage et les escarpins argentés de sa mère. Laura les avait lorgnés avec envie.

Elle lui avait maquillé les yeux comme dans *Shriek !* (« Ayez de l'allure sans en faire des tonnes »), appliqué une bonne dose du parfum Anaïs Anaïs, et noué les cheveux en chignon flou sur le haut de la tête.

La récompense d'Emma fut instantanée.

— Tu es super, déclara Julie quand Emma entra dans la discothèque en titubant un peu à cause des talons.

— Waou, Emma, tu es tellement... différente !
s'exclama Sumitha quand elle la vit.

Laura admira le body en velours d'Emma.

— Il est génial, ce haut ! dit-elle. Où tu l'as eu ?

— Chez Chic. Ma grand-mère m'a envoyé de
l'argent et j'ai expliqué à maman que j'économisais
pour un cardigan, mais j'ai acheté ça à la place !

— C'est canon, reprit Sumitha. Et ces chaussures
sont mortelles.

Pour Emma, tout allait bien. Certes, ses cils
étaient légèrement entremêlés (elle avait mis un
petit peu trop de mascara) et ça la démangeait
follement partout sur le front, mais ce n'était
qu'un minuscule sacrifice pour faire partie de la
bande.

20 h 32. Laura était au septième ciel. Elle buvait
tranquillement un Coca Light quand elle le vit.
John. Il entra nonchalamment avec un autre garçon.
Les mains de Laura devinrent toutes moites et son
cœur se mit à battre à un rythme inhabituel.

— C'est lui ! souffla-t-elle à Julie, du coin de la
bouche.

— Lui qui ? dit Julie.

— Là-bas... NE REGARDE PAS MAINTENANT ! C'est
John ! Le garçon dont je t'ai parlé. NE REGARDE PAS !
Il est canon, hein ?

— Si je ne peux pas regarder, comment tu veux
que je sache s'il est canon ou pas ? raisonna Julie.

— Oh ! là là, il vient vers nous ! Qu'est-ce que je dois faire ? Qu'est-ce que je dois dire ?

John passa devant Laura. Il semblait en pleine conversation avec son copain.

— Salut, murmura-t-elle.

Le garçon ne la remarqua pas.

20 h 35. Sumitha avait encore du mal à y croire. Ça avait marché. Elle était là. Bien sûr, elle avait menti à la mère de Laura en prétendant que ses parents étaient d'accord pour qu'elle vienne, mais bon, ce qu'ils ne savaient pas ne pouvait pas leur faire de mal. De plus, ils ne l'apprendraient jamais. Et, dans le cas contraire, elle affronterait courageusement la tempête à ce moment-là. Au moins se serait-elle amusée, et ça, ils ne pourraient pas le lui enlever.

— Continue à avancer, souffla John à Rob tandis qu'ils se frayaient un chemin vers le bar.

— Quoi ?

— Avance, bon sang, grouille ! Regarde : c'est la fille dont je t'ai parlé, on s'est rentrés dedans ce matin, chuchota John.

Laura le dévisageait de ses grands yeux verts. C'était un peu déconcertant, d'ailleurs : elle avait une drôle d'expression. John se tourna vers Rob, mais il avait disparu sur la piste de danse avec une fille de son collège.

— Tu veux danser ? marmonna-t-il à l'inconnue qui se trouvait à sa gauche, et il saisit son bras.

Il était prêt à tout pour éviter Laura. Le souvenir de leur rencontre ce matin-là le faisait encore rougir. Il avait dû avoir l'air complètement idiot à débouler de l'allée comme ça, et elle ne s'était franchement pas gênée pour lui dire ce qu'elle pensait. Elle mourait sans doute d'impatience de le montrer à toutes ses copines et de leur raconter quel abruti il avait été.

— Tu veux danser ? répéta-t-il.

Il se tourna pour regarder la propriétaire du bras qu'il avait attrapé.

Sumitha n'en revenait pas. La liberté, et un garçon avec qui danser toute la soirée.

20 h 45. Julie s'amusait. Elle trouvait Rob plutôt sexy. Il était une classe au-dessus d'elle au collège ; elle l'avait vu jouer au foot plusieurs fois et trouvait ses cuisses totalement craquantes. Peut-être que ça serait sa première véritable histoire d'amour. Elle ferma les yeux et se balança au rythme de la musique. Rob lui marcha sur l'orteil.

21 heures. Ginny Gee était mortifiée. Elle avait décidé de dégivrer le réfrigérateur et là, en tas humide sous une botte de radis moisis, elle avait découvert le poème de Julie.

— Barry, appela-t-elle en l'emportant dans le salon. BARRY ! hurla-t-elle.

Son cher et tendre daigna lever les yeux de sa grille de mots croisés.

— Mmmm ?

— Lis ça !

Elle lui lança le papier humide. Il y jeta un coup d'œil.

Il pouffa... gloussa tout en buvant son café... puis explosa de rire.

— C'est bien, non ? Oh, oui, vraiment excellent. Un des chefs-d'œuvre de Julie, hein ? Ça me plaît !

— Ah, alors tu trouves ça drôle ! cria sa femme. Et toi aussi, tu penses que mon look est hilarant ?

Barry essaya de reprendre son sérieux. Et n'y parvint pas.

— Eh bien, il faut admettre, chérie, que tu exagères un peu, parfois. Tu n'es plus aussi jeune qu'autrefois...

Barry passa les vingt minutes suivantes à essayer d'enlever les taches de café qui venaient de maculer son jean.

Il adorait sa femme, son énergie. Parfois elle était un peu épuisante. Elle ne supportait pas de vieillir. Mais il l'aimait et ne voulait surtout pas la blesser. Il pensa qu'il avait tout intérêt à faire la paix.

21 h 20. Le téléphone sonna chez Mme Turner.

— Ah, salut, Peter, dit Emily, hésitante. Je vais prendre le téléphone en haut.

— Euh, en fait, je voulais dire un mot à Laura,

déclara M. Turner quand elle décrocha le poste de la chambre.

— Elle est sortie en discothèque, lui expliqua Emily, vaguement déçue que ce ne soit pas avec elle qu'il veuille discuter.

— Ah. Euh... est-ce qu'elle va bien ? Est-elle heureuse, et tout ça ?

Oh, non. Il l'avait entendue sur Hot FM. Elle en était sûre.

— Oui, elle va très bien. Pourquoi ?

— Oh, pour rien, comme ça. Je me demandais juste...

— Tu l'as entendue, hein, Peter ?

— Eh bien, en partie, oui. Jusqu'à ce que Daryl vomisse partout sur la boîte de vitesses.

Mme Turner ricana malgré elle.

— Écoute, Peter, ce n'est pas ce que tu crois... Je veux dire... c'est difficile de parler maintenant.

Elle entendait Melvyn monter à l'étage. Il avait légèrement tendance à la suivre partout comme un petit chien perdu.

— Est-ce que ce nouvel homme... pardon : ce ringard, reprit-il en riant, est-ce qu'il est avec toi ?

— Ouiii..., mais il est juste passé pour réparer ma lampe, ce n'est pas...

— Écoute, Emily, ça ne me dérange pas. Je suis content pour toi. Je m'inquiète simplement pour Laura.

— Elle va très bien... elle dramatise un peu, parfois, c'est tout.

— Super. Bon, je la verrai bientôt alors. Ciao, Emily.

Mme Turner reposa le combiné.

— Et moi qui pensais qu'il serait jaloux, marmonna-t-elle.

23

LAURA CAFARDE

22 heures. Laura était désespérée. Elle avait regardé John danser avec Sumitha, avec Julie, et même une fois avec Emma. Quand elle parvenait à croiser son regard, il détournait les yeux. Il ne lui avait pas adressé la parole, même pas quand elle lui était rentrée dedans « accidentellement-exprès » en allant chercher sa pizza. Sûrement parce que les autres étaient vraiment jolies : Sumitha avec son visage de fée, ses cheveux sublimes et sa silhouette de poupée en porcelaine, Julie avec son superbe sourire et son incroyable assurance. Emma aussi était éblouissante ce soir. Si seulement elle avait porté quelque chose d'au moins vaguement potable, il l'aurait remarquée, c'est sûr. Tout ça, c'était la faute de sa mère. Laura ne trouverait jamais de copain si elle continuait comme ça.

— Qu'est-ce qui ne va pas ? lui demanda gentiment Emma. Tu as l'air malheureuse.

Alors, Laura lui raconta la rencontre avec John et son vélo. Elle avoua qu'elle le trouvait vraiment sexy. Et Emma déclara, sur le ton qu'on emploie pour annoncer qu'il y a une grève de métro :

— Il habite à côté de chez nous.

— À côté... de chez toi ? bafouilla Laura.

— Oui. Sa mère nous a apporté un gâteau le jour où on s'est installés, et Maman lui a commandé des bouquets de fleurs pour l'entrée. John va à Bellborough Court. Je le vois à l'arrêt de bus tous les jours.

La vie, pensa Laura, est affreusement injuste.

Julie était follement amoureuse. Elle s'était vraiment bien entendue avec Rob, ils avaient dansé et discuté et même ils s'étaient embrassés. Enfin, un petit bisou rapide, mais elle pourrait broder un peu là-dessus au collège. Puis il lui avait demandé son prénom, et où elle habitait. Elle avait alors pensé « il va me proposer qu'on sorte ensemble ».

— Gee ? Je suppose que tu n'as rien à voir avec Ginny Gee de la radio ? Celle qui écrit dans *L'Écho* ? demanda-t-il.

Julie marmonna indistinctement.

— Pardon ? dit Rob.

— Eh bien, en fait, c'est ma mère, avoua la jeune fille.

— Cool ! Waou ! quel pied d'avoir une mère célèbre. Je ne savais pas que tu étais sa fille. Ses articles sont vraiment marrants. Ma mère, ça la fait mourir de rire ce qu'elle écrit.

— Ah oui ?

Ils dansèrent encore un peu. Julie essaya désespérément de trouver quelque chose d'extrêmement spirituel à dire.

Tout à coup, Rob demanda :

— Je peux venir te voir demain ?

— Oui, oh, oui, souffla Julie.

— Super. À quelle heure ?

— Quand tu veux. Vraiment, quand tu veux.

Rob la serra contre lui. Julie était aux anges.

Sumitha commençait à s'inquiéter. La mère d'Emma allait arriver dans peu de temps pour les ramener et John dansait toujours avec elle. En la serrant de près. C'était génial. Il était archi-sympa et en plus il dansait super-bien. Mais Sumitha ne pouvait pas risquer d'être vue avec lui par Mme Farrant. Pas s'il y avait le moindre risque que son père le sache un jour. Et d'après ce qu'elle avait vu de Mme Farrant, on pouvait facilement imaginer qu'elle cracherait le morceau.

— Hum, euh, excuse-moi, dit-elle à John, il faut que j'aille aux toilettes.

Elle quitta la piste à toute vitesse et se précipita sur les portes battantes des W-C.

22 h 15. Emma souffrait le martyre. Les escarpins argentés lui avaient fait d'énormes ampoules aux pieds, et elle avait une allergie au maquillage : ses joues la brûlaient et la démangeaient, et ses yeux ne cessaient de couler. Pourtant elle était heureuse. Elle avait beaucoup dansé et parlé à des tas de gens.

Mais d'un moment à l'autre, sa mère serait là – elle était toujours en avance. Emma devait se démaquiller et emmener Julie, Laura et Sumitha dehors. Pas question de prendre de risque : on pouvait lui interdire de revenir si elles ne sortaient pas à l'heure convenue. Elle se dirigea vers les toilettes pour se retransformer rapidement en fille obéissante... et en anorak.

John avait passé une bonne soirée. Il avait réussi à éviter Laura, même s'il sentait son regard le transpercer. Elle avait sans doute raconté à tout le monde ce qu'il était arrivé. Mais il s'était bien amusé avec Sumitha. Elle était beaucoup plus intéressante que la plupart des filles qu'il essayait de draguer. D'ailleurs, il ne l'avait pas véritablement draguée. Il s'était surpris à lui parler de son père qui voulait à tout prix qu'il aille à l'université. Sumitha avait alors raconté à John que le sien ne la laissait pas vivre la même vie que ses amis. Et puis elle avait demandé à John ce qu'il voulait faire. Il le lui avait confié. Et elle n'avait pas ri. Elle avait posé des tas de questions ; elle pensait qu'il devait tenter le coup. John, de son côté, lui avait conseillé de se faire couper les cheveux : son père n'y pourrait rien. « À part attendre que ça repousse », avait ajouté Sumitha. Et ils avaient éclaté de rire. Quelle excellente soirée !

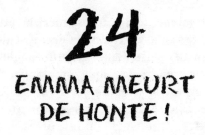

24

EMMA MEURT
DE HONTE !

— Oh, non : ma mère !

Emma s'immobilisa en sortant des toilettes. Au milieu de la piste de danse, dans sa jupe en velours côtelé, avec son air inquiet, se trouvait Mme Farrant.

— Julie, Laura... Ouh ouh, mes petites chéries, c'est l'heure de rentrer !

Elle criait d'une voix stridente, en se protégeant les yeux contre les spots éblouissants.

Emma se figea. Elle aurait voulu rentrer sous terre.

C'est alors que Mme Farrant vit Julie et Laura s'immobiliser sur la piste, ce qui occasionna chez elle une crise de légère hystérie. Plusieurs jeunes se poussaient du coude et ricanaient. Emma aurait voulu disparaître.

— Oh ! là là, entendit-elle, quelle est cette musique infernale, les filles ?

— C'est de la jungle, répondit Julie, un peu

brusque. Je vais chercher votre fille pour vous, ajouta-t-elle assez fort, dans l'espoir qu'on se rende compte qu'elle n'avait rien à voir avec cette femme.

Emma prit une profonde inspiration.

— Ça va, Julie, je suis là.

Elle s'avança vers sa mère.

— Maman, pourquoi tu n'as pas attendu dehors ? siffla-t-elle. Tout le monde te regarde. Sors. TOUT DE SUITE !

— Désolée, petite fleur, mais...

— Ne m'appelle pas petite fleur, jeta Emma.

— ... Je n'ai pas trouvé de place, alors je suis allée au parking. Allez, venez, maintenant, toutes les quatre. Où est la petite Sumitha ? Ah, elle est... euh, qui est ce garçon avec elle... N'est-ce pas John Joseph, notre voisin ?

— Si, marmonna Laura.

Toute la soirée elle avait souffert de regarder Sumitha danser comme une reine, et la voir dire au revoir à John d'une manière excessivement amicale ne la consolait pas plus.

Le jacassement incessant de Mme Farrant se transforma en une sorte de hoquet étranglé. La petite Sumitha Banerji était dans les bras de John, le fils d'Anona. Serrée contre lui.

— Sumitha, ma belle ! Viens ici, s'il te plaît, appela-t-elle.

— Oh, Maman, arrête, je vais craquer ! grogna Emma.

Julie et Laura, horrifiées, avaient déjà filé dehors, sur le trottoir.

Sumitha sentit sa gorge se serrer quand elle vit la tête que faisait Mme Farrant.

Celle-ci finit par rassembler le quatuor.

C'est alors qu'elle remarqua la tenue de sa fille.

— Comment es-tu habillée, jeune fille ?

Emma avait oublié de refermer son anorak. Ce qui n'avait plus aucune importance. Qu'est-ce que cela pouvait faire ? Sa vie était fichue, de toute façon.

25

LAURA RÉFLÉCHIT !

Dans la Polo de Mme Farrant, l'ambiance était épouvantable. Emma était assise à l'avant, morte de honte, réprimant ses larmes. Droite comme un I, sa mère était agrippée au volant. Elle marmonnait de façon indistincte. « Grandir trop vite », « avoir l'air vulgaire » ou « fréquenter de jeunes personnes qui ont mauvais genre », disait-elle pêle-mêle. À l'arrière, Julie, qui essayait tant bien que mal de garder son sérieux, se demandait si elle était visée par les « jeunes personnes qui ont mauvais genre ». Laura regardait par la fenêtre en pensant à John, et détestait Sumitha pour l'avoir monopolisé toute la soirée. C'était son copain à elle. (Laura oubliait que renverser un garçon de son vélo et lui adresser à peine une demi-douzaine de phrases ne faisaient pas de lui un « petit copain ».)

Pendant ce temps, Sumitha implorait avec ardeur tous les dieux qu'elle connaissait et d'autres qu'elle inventa pour la circonstance. « Pitié, pitié, faites que Papa ne l'apprenne pas ! »

— Merci beaucoup d'être venue nous chercher, madame Farrant, dit Julie dans l'espoir d'apaiser la colère de la mère d'Emma.

Mme Farrant fit grincer les vitesses.

— Oui, c'était très gentil de votre part, renchérit Laura. On a passé une super-soirée, hein, Emma ?

— Géniale, ajouta Sumitha. Je me suis vraiment bien amusée.

« Jusqu'à maintenant », ajouta-t-elle en silence.

— On a remarqué, marmonna Laura.

Sumitha parut ne pas entendre.

— Depuis combien de temps connais-tu John Joseph, Sumitha ? demanda Mme Farrant tandis qu'elle faisait le tour du rond-point pour la seconde fois.

Sumitha déglutit. Visiblement, Mme Farrant connaissait John. Et M. Farrant connaissait son père...

— Oh, c'est un ami de la famille. Ça faisait une éternité que je ne l'avais pas vu... c'était sympa de le retrouver.

Elle croisa les doigts sous sa veste.

— Ah, je vois, fit Mme Farrant, peu convaincue.

Je crois que je m'en suis tirée, pensa Sumitha.

Enfin, elles arrivèrent devant la maison de Laura.

— Je vous accompagne jusqu'à la porte, toutes les deux, annonça Mme Farrant.

La porte d'entrée s'ouvrit. Mme Turner portait sa robe de chambre en velours bleu avec la tache blanche à l'endroit où Laura avait renversé de l'eau de Javel. Elle était pieds nus, démaquillée et son nez brillait. Pire que tout : à côté d'elle, avec un sourire stupide, se tenait ce ringard de Melvyn. Laura eut honte. Comment sa mère pouvait-elle lui faire ça ? Elle n'avait aucune fierté, ou quoi ? S'afficher devant tout le quartier avec son petit ami. Laura ne pouvait pas le supporter.

— Merci beaucoup, Claire ! lança Mme Turner. Je ferai pareil pour vous la prochaine fois.

— Je ne suis pas sûre qu'il y ait une prochaine fois pour Emma, répondit Mme Farrant d'un ton abrupt. Je crois que j'ai eu tort de la laisser sortir, finalement. Elle a l'air d'avoir subi de mauvaises influences. Je vous rappelle.

Elle repartit, en heurtant le trottoir en chemin. Depuis la voiture, Julie et Emma observaient Melvyn avec intérêt. Laura crut mourir.

— Qu'est-ce que c'est que cette histoire ? demanda sa mère.

Laura haussa les épaules.

— Tu pars ? demanda-t-elle à Melvyn avec une intention marquée.

— Oui, j'en ai bien peur... j'y vais, ma puce.

Laura grinça des dents.

— On va faire du chocolat chaud, Maman.

Elle aurait fait n'importe quoi pour éviter que Sumitha assiste au baiser d'adieu baveux entre sa mère et ce ringard...

EMMA RÈGLE
SES COMPTES

— Maman ! Comment tu as pu faire ça ? T'as tout gâché !

Emma était en larmes.

— On avait passé une si bonne soirée et après tu es entrée et...

— Une bonne soirée, hein ? jeta sa mère. En paradant dans une tenue vulgaire, la figure tartinée de maquillage ? Sans parler du fait que tu m'as emprunté mes chaussures, qui sont sûrement fichues. Je les ai depuis mon mariage. Merci à tes nouvelles amies ! Tu n'aurais jamais fait une chose pareille avant qu'on s'installe ici. Et dire que tu les trouvais tellement gentilles.

— Elles SONT gentilles ! hurla Emma. Très gentilles.

— Eh bien, je ne sais pas ce qui a pris à leurs mères de les laisser sortir habillées comme ça. Enfin, c'est...

— Toi, tu ne comprends rien ! la coupa Emma.

Leurs mères acceptent qu'elles s'amusent, qu'elles voient leurs amis. Elles ne passent pas leur temps à essayer de gâcher la vie de leurs enfants !

— Emma, je t'en prie !

— C'est vrai, quoi. Tu ne me laisses pas grandir. Tu veux bien que j'aie des amis, mon œil ! Tu essaies de me forcer à rester un bébé. Tu trouves toujours des excuses pour tout refuser et tu ne veux jamais m'acheter des fringues à la mode... Même Mamie trouve que mes vêtements manquent d'originalité, sanglota Emma.

— Oh, ça ne m'étonne pas, elle a toujours été bizarre, rétorqua sa mère.

— Je préfère les gens bizarres aux gens préhistoriques ! Regarde-toi ! Eh bien, ce n'est pas une raison pour que tu m'achètes des fringues de gamine ! Tu ne me laisses pas me maquiller. Si ce que je porte ne te plaît pas, tu ne peux t'en prendre qu'à toi-même. Tu n'as qu'à m'acheter des trucs potables, comme ça je n'aurai pas besoin de le faire derrière ton dos !

— Ne me parle pas sur ce ton, Emma. Écoute, j'agis pour ton bien.

Emma ne pouvait plus s'arrêter.

— Non, ce n'est pas vrai ! Tu veux toujours commander, choisir mes habits, me dire quand je dois me coucher, repasser mes petites culottes. Occupe-toi plutôt des jumeaux et laisse-moi tranquille !

Sur ces mots, Emma se précipita hors de la cui-

sine et claqua la porte. Sa mère s'assit sur un tabouret, songeuse. Emma n'avait jamais fait de remar-
ques sur ses vêtements. En fait, Emma avait toujours été une enfant très facile. Mme Farrant
espérait que cette nouvelle école n'avait pas une
mauvaise influence sur sa fille.

Laura fit chauffer du lait. Sa mère, qui s'était vite
débarrassée de Melvyn, lui prit la casserole des
mains.

— Assieds-toi, ordonna-t-elle. Et toi aussi,
Sumitha.

Elles obéirent.

— Ta mère a téléphoné il y a un moment, Sumitha, commença Emily.

Les deux filles déglutirent.

— Elle a demandé à te parler, alors naturelle-
ment j'ai répondu que vous étiez à la discothèque.
Tu n'avais pas dit à tes parents que tu sortais, hein ?

— Non, murmura Sumitha.

— Tes parents sont très fâchés contre moi. Apparemment, ton père t'a interdit d'aller au *Zig-Zag*. Il
pense désormais que je t'ai encouragée à y aller sans
le consulter. Je suis furieuse contre vous deux.
Comment avez-vous pu être si sournoises ?

Sumitha semblait abattue.

— Je suis désolée, madame Turner, gémit-elle.
Mais vous comprenez... eh bien, mes parents ne me
laissent aucune liberté. Ils sortaient ce soir et je
venais ici de toute façon, alors ça m'a semblé...

— ... un bon moyen de faire ce que tu voulais en douce, termina Mme Turner.

— Oui.

— Eh bien, pour moi, ça ne se passera pas en douceur. Ta mère ne me fera plus jamais confiance.

— Mais pourquoi elle a téléphoné ? fit Sumitha, dépitée.

— Parce qu'elle a trouvé ton bracelet sur le siège de la voiture. Elle s'est dit que tu penserais l'avoir perdu et que tu t'inquiéterais.

— Ah.

En fait, Sumitha n'avait même pas remarqué qu'elle avait perdu le bijou.

Mme Turner se tourna vers Laura.

— Je te juge tout aussi responsable. Tu savais ce qui se passait.

— Ce n'est pas ma faute, protesta Laura. Je n'ai pas à dicter leur conduite à mes amis.

Et si je le pouvais, je conseillerais plutôt à Sumitha de lâcher John... pensa-t-elle.

— Tu as vraiment de la chance, Laura, d'avoir une mère compréhensive, déclara Sumitha alors qu'elles se préparaient à aller se coucher.

Pendant un instant fugitif, Laura se sentit plutôt fière. Puis elle revit l'image de Sumitha dansant avec John.

— Je vais prendre une douche, annonça-t-elle sèchement.

Elle gagna la salle de bains à pas lourds. Sumitha s'assit sur le lit et pensa à John.

— Tu as passé une bonne soirée, Julie ?

Ginny sortit une feuille de son imprimante en bâillant puis éteignit son ordinateur.

— Ouais, c'était super. Maman... commença Julie.

— Ah, tant mieux. Bon, je vais me coucher. Je viens de terminer mon article « Comment remettre du piment dans votre couple ». Lundi j'interviewe un apiculteur à Hackleton puis un homme qui élève des piranhas. Pas de repos pour les guerriers.

— C'est bien. Maman, il y avait un garçon...

— Ah, un garçon ? Tu vas écrire un poème sur lui ?

— Pardon ?

— J'ai trouvé ton petit chef-d'œuvre quand j'ai dégivré le frigo tout à l'heure. Apparemment, tu aimerais mieux avoir une mère qui s'habille comme Claire Farrant plutôt qu'une mère qui essaie de rester dans le coup.

La gorge de Julie se serra.

— Non, Maman, bien sûr que non. La plupart du temps tu es super-bien habillée. (Enfin, de temps en temps, pensa-t-elle.) C'est juste que... parfois ça serait bien que tu aies plus l'air d'une mère. Pas aussi voyante.

— Eh bien, je suis ainsi. C'est à prendre ou à laisser. Oh, je t'ai dit que je vais faire un supplément de quatre pages sur les fantômes de Leehampton ? Les maisons hantées, les brigands décapités, ce genre de trucs. C'est bien, hein ?

Julie abandonna. Elle ne pouvait pas rivaliser avec les rubriques de *L'Écho*. Inutile d'essayer. Sa mère s'intéressait plus aux fantômes et aux piranhas qu'à sa propre fille. Demain, Rob serait là et Julie avait peur. Elle n'était jamais sortie avec un garçon : elle avait tellement envie de faire bonne impression. Sa mère passait sa vie à expliquer aux autres comment gérer leurs relations, alors pourquoi ne pouvait-elle pas prendre le temps d'aider sa propre fille ?

Le père de John semblait mécontent.

— Alors tu es allé en boîte, je vois. J'imagine que tu vas réviser dès demain. Les examens blancs arrivent bientôt.

— Papa, j'ai déjà passé des tas d'examens, soupira John. Et de toute façon, la matière que je préfère, on ne peut pas la réviser. J'en ai marre de bûcher la guerre de Sécession et les plates-formes continentales... Je déteste tout ça.

— Ah, mais « tout ça », comme tu dis, c'est ce dont tu as besoin dans ton dossier pour entrer à l'université, poursuivit son père. Ils attachent beaucoup d'importance à...

— JE N'IRAI PAS À L'UNIVERSITÉ ! hurla John.

— Oh, on ne va pas recommencer, fiston. Avec tes capacités, où voudrais-tu aller ?

— Dans une école d'art, en fait.

Ça y est, pensa-t-il. Je l'ai dit.

Son père le regarda avec stupéfaction. Il ouvrit la bouche mais aucun son n'en sortit.

— Je veux étudier l'art et le dessin, Papa. Je suis doué pour ça, j'aime ça et je sais que je peux en vivre. Et le meilleur endroit pour en apprendre plus, c'est une école d'art.

— Une école d'art ? UNE ÉCOLE D'ART ? fulmina son père.

— Oui... Je veux être caricaturiste politique, dit John.

Et voilà, songea-t-il.

Son père faillit s'étrangler. Ses joues prirent une teinte cramoisie.

— Je n'ai jamais entendu de telles... C'est ridicule... À quoi penses-tu, mon garçon ?

— À mon avenir, riposta John.

Et il alla se coucher.

27

LAURA MAUDIT SUMITHA !

Sumitha était perplexe. Laura était d'une humeur très étrange. En sortant de la douche, elle avait plongé dans son lit, marmonné « bonne nuit » et éteint la lumière.

D'habitude, quand Sumitha venait dormir chez elle, elles discutaient pendant des heures de tout : les fringues, le collège, les garçons, les discothèques, le hit-parade, les garçons, les projets d'avenir, les garçons...

— On a passé une bonne soirée, hein ? hasarda Sumitha.

Silence.

— Enfin, moi j'ai trouvé ça génial, continua Sumitha.

La couette s'envola du lit de Laura.

— Ah, oui, évidemment que tu as trouvé la soirée géniale ! jeta Laura.

Sumitha en resta interloquée.

— Qu'est-ce que tu veux dire ?

— Ne fais pas l'innocente avec moi ! cria Laura.

Ensuite, à la stupéfaction de Sumitha, elle fondit en larmes. Sumitha sauta de son lit et alla s'asseoir à côté de son amie.

— Hé, Laura... qu'est-ce qui ne va pas ?

— Tu veux le savoir ? Tu as passé presque toute la soirée avec John, ce n'est pas juste ! sanglota-t-elle. C'est mon copain, pas le tien. Un coup tu racontes que ton père ne te laisse pas avoir des amoureux, et deux secondes après tu piques ceux des autres !

Sumitha la regarda, abasourdie.

— Mais je ne savais pas que c'était ton copain... franchement, je ne le savais pas. Tu ne l'as pas dit... Depuis combien de temps vous sortez ensemble ?

Laura renifla.

— Euh, on ne sort pas exactement ensemble, avoua-t-elle.

— Alors, explique-moi, demanda Sumitha.

Elle avait besoin de savoir à quoi s'en tenir – elle aimait vraiment bien John, et il n'avait pas eu l'air de s'intéresser à Laura. Tout cela n'était-il pas encore un effet de l'imagination débridée de Laura ?

Laura raconta en détail l'épisode de la collision à vélo et les jambes de John et son sourire en coin et à quel point elle aurait aimé qu'il l'apprécie.

— Et maintenant, à cause de toi, ma vie est fichue, dit Laura, sanglotante.

Sumitha soupira.

— Oh, épargne-moi la grande scène. D'abord tu

me dis que John est ton petit copain... après il s'avère que tu le connais depuis aujourd'hui. De toute façon, s'il avait voulu danser avec toi, il n'avait qu'à t'inviter, non ? Mais ça ne t'est peut-être pas venu à l'idée ?

Laura ne répondit pas.

— Ce n'est pas moi qui l'ai invité à danser. Il m'a juste pris le bras en disant : « Tu veux danser ? » Après on s'est mis à parler des parents, de la vie et de ce qu'on voulait faire, tout ça. Il a dansé avec Julie, aussi... et Emma, et cette fille de troisième, Melanie, ajouta-t-elle.

Elle ne voulait pas être la seule à subir la colère de Laura.

— Alors pourquoi il n'a pas dansé avec moi ? demanda Laura en s'essuyant les yeux avec un coin de sa couette. Parce que tu ne l'as pas laissé, sans doute.

— Oh, arrête le mélo... pourquoi j'aurais fait ça ? Tu as été sympa avec lui ce matin ?

— Bien sûr que oui. Euh, enfin, on s'est disputés au début, mais après il a été vraiment gentil. Et ce soir, il m'a ignorée.

— Peut-être qu'il est follement amoureux de toi et qu'il n'ose pas te parler, avança Sumitha. Comme dans *Beverly Hills*, ajouta-t-elle pour souligner le bien-fondé de son idée.

— Tu crois ? demanda Laura, ragaillardie.

— Oh, oui, c'est connu, les garçons sont tellement dépassés par leurs émotions qu'ils les assument moins bien que les filles. C'est écrit dans mon guide de l'adolescence. Ils font semblant d'être super-machos et décontractés, alors qu'en fait ils se consument de passion.

Laura paraissait beaucoup plus gaie.

— Peut-être que je le reverrai quand j'irai chez Emma, dit-elle, rêveuse. En tout cas, tu me promets de le laisser tranquille, maintenant, hein ?

Sumitha soupira. Elle aimait bien John. Et elle pensait qu'il l'aimait bien aussi. Mais elle était amie avec Laura.

— Sumitha... tu promets, hein ? Croix de bois, croix de fer, si tu mens tu vas en enfer ?

— Je ne peux pas, déclara franchement Sumitha. S'il t'aime bien, il trouvera bientôt le courage de te le dire. Et si c'est moi qu'il préfère, je n'y peux rien !

— Tu es dégueulasse ! cria Laura. Tu es exactement comme cette abominable Betsy... tu es une voleuse d'hommes, tu ne fais que gâcher la vie des autres. Je te hais !

Là-dessus, elle tira la couette sur sa tête et ne prononça plus un mot.

Sumitha se sentit terriblement mal. Elle détestait faire des promesses qu'elle ne pouvait pas tenir, et elle savait que si John voulait être son petit copain, elle ne dirait pas non. Laura était très perturbée depuis le départ de son père, et ces temps-ci elle se mettait dans tous ses états pour n'importe quoi. Peut-être qu'elles seraient de nouveau amies demain matin ? D'ici là, elle allait dormir et rêver de John.

Laura resta éveillée, maudit Sumitha, et le monde entier, et surtout se maudit elle-même. Comment plaire à John avec ses affreux cheveux roux et ses taches de rousseur, alors qu'il pouvait avoir Sumitha, avec son visage de fée et ses sublimes yeux noirs ? Peut-être pourrait-elle le conquérir avec son esprit. Mais elle en doutait. Les garçons placent l'intelligence très bas sur l'échelle des valeurs.

Elle commença à réfléchir à l'intrigue de son prochain roman, l'histoire d'une fille dont l'amant était séduit par une vile tentatrice. Elle en arrivait juste au moment où la fille assouvissait sa vengeance au moyen d'une pizza empoisonnée quand elle s'endormit.

28
JULIE DÉTESTE
SA MÈRE

Le jour se leva sur Leehampton. Il faisait gris et nuageux. Dans au moins trois demeures, l'humeur des occupants était tout aussi sinistre.

Laura et Sumitha, attablées devant le petit déjeuner, étaient silencieuses. D'habitude, quand Sumitha restait dormir, Mme Turner ne s'entendait plus penser au milieu des papotages et des gloussements. Ce matin, elles avaient l'air de deux âmes en peine. Elle supposa que Sumitha était angoissée de devoir affronter la colère de son père, et que Laura se sentait coupable. Mais Mme Turner ne s'en inquiéta pas longtemps – elle était toujours contrariée par sa conversation avec Peter. Avait-il sous-entendu que c'était elle qui rendait leur fille malheureuse ? À côté de la maternité, la fission de l'atome a dû être un jeu d'enfant, pensa Emily.

À Billing Hill, l'ambiance était également morose. Au numéro 47, M. et Mme Joseph, assis au bar de la cuisine, prenaient le petit déjeuner ; John dormait encore.

Mme Joseph avait les yeux fatigués. Son coléreux de mari était entré à grand fracas dans la chambre la veille au soir en déblatérant sur l'ingratitude de son fils. Il ne doutait pas une seconde que c'était sa femme qui lui avait mis cette idée ridicule dans la tête. Pensait-elle sérieusement qu'il avait passé les quinze dernières années à travailler sans relâche afin de payer les études de leur fils, pour le voir tout jeter aux orties ?

Mme Joseph, à moitié endormie, avait alors hasardé une suggestion :

— Peut-être que John ne partage pas ton ambition, tout simplement.

Énervé, M. Joseph avait donné un coup dans son oreiller.

— Et qu'est-ce que tu y connais, toi, à l'ambition ? Tu n'en as jamais eu... Avec tes fleurs et tes cours pour les gens qui n'ont rien de mieux à faire que des bouquets, tu es contente. Tu es comme ça. Moi, j'ai dû progresser à la dure. Cours du soir, accepter n'importe quel boulot qui se présentait, gravir les échelons de la hiérarchie à la sueur de mon front. Et j'ai réussi, non ?

— Oui, chéri, tu as merveilleusement bien réussi, avait murmuré Mme Joseph, espérant qu'il se tairait.

— Mais pour John, ce sera différent. John va

arriver au top. Et il n'y parviendra pas en fréquentant une école d'art minable.

— Alors laisse-le aller dans une excellente école d'art, avait répliqué sa femme. À quoi ça sert de le forcer à faire quelque chose qui le rendra malheureux ? Ça compte aussi, le bonheur, non ?

Son mari l'avait regardé avec un profond mépris.

— Le bonheur, Anona, ne paie pas les factures.

— Ça ne sert à rien d'être malheureux dans le confort non plus. Je sais de quoi je parle. Tu dis que je n'ai jamais eu d'ambition, mais est-ce que j'ai eu l'occasion de faire ce que je voulais vraiment ? Jamais. Et pourquoi ? Parce que je te soutenais à fond pendant que tu étudiais et que tu travaillais. Je ne le faisais pas à contrecœur, j'étais contente de te voir heureux. Mais ce genre de travail ne fera pas le bonheur de John, et plus vite tu le comprendras, mieux ce sera.

Henry Joseph avait eu du mal à s'endormir. D'abord, la carrière ridicule que son fils avait choisie l'avait abasourdi, puis sa femme, si douce d'habitude, était sortie de ses gonds et l'avait pratiquement accusé de la brimer. N'importe quoi. Les femmes deviennent bizarres après quarante ans, s'était-il dit.

À présent, Henry passait ses nerfs sur une innocente tranche de pain, la tartinant de beurre sans aucun souci pour son taux de cholestérol. Sa femme, pendant ce temps, lisait tranquillement le magazine *Arts floraux*.

— De toute façon, grommela Henry, qu'est-ce que tu aurais fait, si tu avais eu le choix ?

Sa femme leva les yeux de la page, surprise.

— Oh, de l'architecture d'intérieur, chéri. D'ailleurs, ce n'est pas trop tard. J'ai l'intention de reprendre les études.

Pour la deuxième fois de sa vie seulement, Henry Joseph ne sut que répondre.

À côté, au numéro 49, M. Farrant profitait de son dimanche matin. Il se réjouissait de ne pas avoir à foncer à l'hôpital ce jour-là, pour extirper un trombone de l'oreille d'un enfant, ou ôter une ou deux dizaines d'amygdales avant le déjeuner. Il était penché au-dessus d'un bol de muesli, ce qui, lui assurait sa femme, était extrêmement nourrissant (mais il aurait préféré des saucisses et du bacon). Il se remémorait ses premières semaines à l'hôpital de Leehampton tout en feuilletant *Le Bistouri*.

Mais M. Farrant fut vite tiré de ses réflexions : les jumeaux faisaient un concours pour voir qui enverrait le plus loin le lait de leurs bols. Assis sous la table, Samuel, en digne Monstre de l'Espace, mordillait la cheville gauche de son père. Quant à Emma, le regard plongé dans sa tasse de thé, elle avait une tête de condamnée à mort.

— Allez, Emma, mange, l'encouragea sa mère.

— Laisse-moi tranquille, marmonna la jeune fille.

— Emma ! gronda son père. Ne parle pas comme ça à ta mère ! Qu'est-ce qui te prend ?

— J'en ai marre d'être traitée comme une gamine de neuf ans.

— Eh bien, quand tu te comporteras comme une adulte, tu seras peut-être traitée comme une adulte, l'interrompit Mme Farrant.

Emma fondit en larmes et quitta la pièce en courant.

— Qu'est-ce qui se passe ? demanda M. Farrant.

Sa femme lui raconta en détail leur dispute de la veille.

— Emma n'a pas tort, chérie. Elle a bientôt quatorze ans et, franchement, elle en paraît plutôt onze. Tu es un peu trop sur son dos, non ?

Sa femme le regarda, bouche bée.

— Écoute, poursuivit-il, je sais que tu t'inquiètes pour elle, mais elle grandit et tu ne peux rien faire pour l'en empêcher.

— Ce n'est encore qu'une petite fille...

M. Farrant restait toujours calme dans les moments de crise, même quand des malades perdaient beaucoup de sang au bloc opératoire, ou quand une infirmière maladroite laissait tomber un scalpel sur un de ses pieds. Pourtant, il frappa du poing sur la table.

— Non, Claire... ce n'est plus une petite fille. Elle est en train de devenir une jeune femme... du moins si tu le permets. Et laisse-moi ajouter ceci : si tu n'acceptes pas ça, tu la perdras. Est-ce vraiment ce que tu souhaites ?

Claire Farrant se versa une autre tasse de thé et réfléchit sérieusement.

Deux heures plus tard, la mère de Laura s'occupait de ses invités. Ou plutôt, les calmait. De part et d'autre de sa table de cuisine se tenaient Rajiv et Chitrita Banerji, le premier l'air très sévère, la seconde plutôt inquiète et recroquevillée sur elle-même. Ils étaient venus chercher leur fille, qui avait eu l'intelligence de disparaître dès l'instant où leur voiture s'était garée devant la maison.

Emily leur servit du café et répéta :

— Je ne me doutais absolument pas que vous aviez interdit à Sumitha d'aller au *Zig-Zag*. Si je l'avais su, j'aurais aussi gardé Laura à la maison. Mais il n'y a pas eu de problème, ajouta-t-elle.

— Je suis sûre, madame Turner, que vous ne pensiez pas à mal, dit Chitrita.

— Je ne suis pas favorable à ces sorties-là, déclara Rajiv.

Emily se demanda s'il lui arrivait de se laisser aller.

— Sumitha n'avait pas le droit de vous tromper. C'est elle qui est en tort, poursuivit M. Banerji. Mais je suis surpris que vous n'ayez pas pensé à nous consulter, ma femme et moi.

Emily déglutit. Elle se demanda si M. Banerji était aussi dur avec les patients qu'il radiographiait.

— Je suis d'accord. C'est entièrement ma faute. Toutefois, aujourd'hui, nos enfants doivent apprendre à vivre dans le monde tel qu'il est, pas comme nous aimerions qu'il soit. Je trouve que, de temps en temps, une soirée comme celle-là leur donne un avant-goût de la liberté sans grand danger. Et une fille aussi bien élevée que Sumitha...

— C'est effectivement une fille bien élevée... et pas habituée à ce genre d'endroits, souligna M. Banerji.

Mais Emily remarqua que son expression s'était un peu adoucie en entendant l'éloge de son enfant.

— Elle ne désirait pas vous fâcher. Elle voulait seulement sortir avec ses amies. Une fille aussi charmante est forcément populaire... Laura m'a raconté que c'est une danseuse formidable, ajouta Mme Turner. Vous devez être fiers d'elle.

Dix minutes plus tard, après une évocation détaillée des prouesses d'actrice et de danseuse de Sumitha et de sa ressemblance avec la grand-mère paternelle à Calcutta, Rajiv se leva.

— Vous me trouvez sévère. C'est possible, dit-il en inclinant la tête.

Sumitha, qui écoutait derrière la porte avec Laura, adressa à son amie un signe de victoire.

— Ta mère est absolument géniale, murmura-t-elle. Elle fait des miracles.

Laura allait sourire quand elle se rappela qu'elle en voulait toujours à Sumitha.

— Mais, poursuivit M. Banerji, j'agis dans

l'intérêt de sa réputation. Je ne voudrais pas qu'elle devienne comme la plupart des jeunes Anglaises. Beaucoup d'entre elles n'ont aucune dignité. Nous avons des principes, vous comprenez.

— Comme la plupart des familles anglaises, monsieur Banerji, dit calmement Emily.

— Bien sûr, bien sûr, intervint Chitrita. Nous, les parents, nous essayons de faire de notre mieux, n'est-ce pas ? Et souvent, j'en ai peur, nous commettons des erreurs. Élever des enfants n'est pas une tâche facile. Ma fille me trouve préhistorique. Mais bon, c'est la vie, de voir nos propres enfants se moquer de nous.

Elle sourit et se tourna pour prendre son sac à main.

— ... Il faut qu'on se revoie pour discuter, toutes les deux, proposa Emily.

Chitrita lui adressa un clin d'œil.

— Viens, Rajiv, partons. Sumitha, on s'en va ! appela-t-elle.

Rajiv obtempéra aussitôt.

Chez les Gee, Julie se mettait de l'ombre à paupières pour la troisième fois depuis le petit déjeuner quand la sonnette retentit.

— Tu veux bien aller ouvrir, Julie ? cria Ginny depuis la cuisine.

Mais Julie était déjà devant la porte.

— Salut, tu as dit que je pouvais passer.

Rob se tenait sur le seuil, superbe dans un cycliste

marron. Il sourit ; le cœur de Julie exécuta un double saut périlleux arrière.

— Bien sûr, entre, fit Julie tout en se demandant si ses jambes voudraient bien continuer à la porter.

Elle conduisit Rob à la cuisine.

— Maman, je te présente Rob.

— Bonjour, Rob...

Ginny brandit la cafetière.

— Café ?

— S'il vous plaît.

Rob rejeta une mèche de cheveux blond-roux et sourit à nouveau.

— C'était bien, hier soir, hein ? lança Julie.

Elle aurait aimé trouver quelque chose de plus original à dire.

— Oui, je me suis vraiment amusé, approuva Rob.

Puis il se tourna vers Ginny :

— Madame Gee, j'ai lu des tas d'articles que vous avez écrits dans *L'Écho*. Ma mère vous trouve formidable.

— Merci, Rob, minauda Ginny en lui adressant un de ses sourires les plus éblouissants. Et je t'en prie, appelle-moi Ginny.

Julie ne savait plus où se mettre.

— En fait, je veux devenir journaliste, reprit Rob, et je me demandais...

— Tu veux venir là-haut écouter mon nouveau CD de Crackdown ? tenta Julie, désespérée.

Elle savait précisément où cette discussion allait mener.

Rob l'ignora.

— ... je me demandais si vous pourriez me donner des tuyaux pour dénicher des stages, ce genre de choses.

— J'en serais ravie. Mais seulement si tu penses qu'une vieille bique comme moi...

Julie réprima un haut-le-cœur.

— Oh, tout ce que vous pourrez me dire m'aidera beaucoup !

Ginny battit des cils (enfin, des faux cils).

— Eh bien, d'après mon expérience, voici ce que je te conseille...

Dix minutes plus tard, Ginny lança :

— Julie, refais-nous du café, chérie. Rob, regarde cet article que j'ai écrit sur les enfants qui rentrent à la maison avant que leurs parents reviennent du travail...

L'estomac de Julie était tout noué. Elle se sentait au bord des larmes.

Un quart d'heure plus tard, Ginny lui adressa de nouveau la parole :

— Julie, je crois qu'il y a des biscuits dans la boîte verte... Sois gentille.

Julie espéra en silence que sa mère s'étrangle en les mangeant.

Vingt minutes plus tard, quand elle quitta la pièce pour aller chercher son exemplaire du *Manuel des écrivains,* Julie sauta sur l'occasion :

— Rob, tu veux monter voir...

— Oh, désolé, je dois rentrer. Ma mère va piquer une crise si je suis en retard pour le déjeuner.

Quand Ginny réapparut dans la pièce, il lança :

— Merci beaucoup, madame... Ginny. Je vous apporterai mes textes bientôt. Vous me direz ce que vous en pensez.

— Avec plaisir, Rob. Et tente le coup pour ce concours du Meilleur Jeune Auteur. Ravie de t'avoir rencontré. Ciao !

— Salut, Rob, dit Julie.

— Salut, Julie, à plus, dit Rob.

Mais il ne se retourna pas.

— Merci beaucoup, Maman, pesta Julie.

Elle fonça à l'étage, furieuse, et se jeta sur son lit, en larmes.

— Je la déteste, Abaca ! s'écria-t-elle en sanglotant. Ça ne lui suffit pas de faire l'intéressante devant tout le monde, maintenant elle me vole mon petit copain. Je la déteste !

SUMITHA ET LAURA SONT EN FROID

La semaine avait été vraiment horrible. Non seulement Laura ne parlait plus à Sumitha, mais elle faisait tout pour que Julie et Emma se conduisent de même.

— Mais pourquoi ? demanda Julie, dont l'esprit logique et scientifique avait besoin d'explications. Elle ne m'a rien fait, à moi.

— Tu es vraiment une super-bonne amie ! jeta Laura. Elle a juste essayé de me piquer John !

— Mais John n'a jamais été avec toi ! répliqua Julie.

Laura renifla. Elle refusait de s'avouer que Julie n'avait pas tort.

— De toute façon, il a des boutons, conclut Julie.

Rob, lui, n'avait pas de boutons. Rob était merveilleux. Mais à cause de sa mère, elle n'aurait sans doute jamais l'occasion d'être seule avec lui.

Laura partit vexée et coinça Emma.

— Toi, tu es mon amie, non ? s'enquit-elle.

— Bien sûr, dit Emma.

— Alors tu ne verras plus Sumitha, hein ?

Gloups. Emma voulait être amie avec tout le monde. D'ailleurs, elle n'avait rien contre Sumitha. En fait, elles s'étaient très bien entendues pendant la soirée en boîte. Elles savaient toutes les deux ce que c'était que d'avoir des parents difficiles.

— Euh... enfin, elle est très sympa, bredouilla-t-elle.

— Sympa ? Sympa ? Tu trouves que briser les couples, c'est sympa ? Comment tu te sentirais si elle te volait ton copain ? Enfin, tu ne risques pas de le savoir... Je suppose que ta mère ne te lâchera jamais assez longtemps les baskets pour que tu en trouves un !

Et elle partit, furieuse, laissant Emma mortifiée. Comme si tout n'allait pas déjà assez mal comme ça ! Sa mère, blessée, demeurait silencieuse bien qu'Emma lui ait dit une dizaine de fois qu'elle était désolée. Ses nouvelles amies étaient à couteaux tirés. Laura, qui avait d'abord été si gentille avec elle, la trouvait bébé, comme tous les autres ; et Mamie n'avait toujours pas répondu à sa lettre.

Sumitha était tourmentée, elle aussi. Si elle avait vraiment pensé que John était le copain de Laura, jamais elle ne se serait immiscée entre eux. Mais ils ne sortaient pas ensemble, elle en était sûre. De toute façon, inutile de se faire du souci : John allait dans un autre collège, elle ne le reverrait sans doute jamais. Sauf que son père, après de longs chuchotements derrière une porte fermée avec sa mère, avait annoncé que, sous réserve qu'elle respecte ses règles, elle pourrait aller au *Zig-Zag* une fois par mois. Il avait même souri en le lui proposant. Et si John y allait régulièrement, elle le reverrait peut-être.

Pour Julie, la semaine était allée de mal en pis. Le mardi soir, Rob était venu, et il avait perdu trois quarts d'heure attablé avec sa mère à discuter de sa participation au concours du Meilleur Jeune Auteur. Ce jeudi matin, il était passé en se rendant au collège, mais seulement pour montrer à Ginny l'article terminé.

Alors, ce jour-là, tout le monde était de mauvaise humeur. Emma et Julie en avaient ras le bol des mères, Sumitha en avait marre de Laura, et Laura était décidée à détester l'abominable Betsy ainsi que Sumitha pour le restant de ses jours. C'est alors que les choses commencèrent à s'arranger.

Pendant ce temps, le sujet du litige, John, avait eu moins de problèmes. Il se sentait plus à l'aise depuis qu'il avait osé parler à son père, même si ce dernier avait réagi violemment. Et la réunion des parents d'élèves approchait ; il était sûr que ses professeurs le complimenteraient pour ses talents artistiques. Du moins, si son enragé de père les laissait placer un mot.

LES MÈRES TIENNENT CONSEIL

Ce jeudi matin, pendant que les filles ruminaient sur les injustices de la vie, leurs mères buvaient du café dans le salon de Mme Farrant tout en essayant de faire le point.

La mère d'Emma avait pensé qu'inviter les autres mamans lui donnerait l'occasion d'apprendre à les connaître un peu mieux et de faire la paix avec Mme Turner. Et puis elle savait qu'elle avait été un peu sèche quand elle avait déposé les filles après la soirée en discothèque ; elle voulait recoller les morceaux.

La conversation, inévitablement, en vint aux enfants.

— J'ai décidé d'aller acheter de nouveaux habits à Emma, annonça Mme Farrant. Il paraît que je l'oblige à s'habiller comme un bébé.

Les autres étaient totalement d'accord sur ce point mais jugeaient plus poli de ne pas le dire.

— J'avoue que je suis un peu inquiète : elle s'est

mise à lire des magazines pour adolescents. Elle a l'air de ne penser à rien d'autre qu'aux vêtements, ces temps-ci...

— Oh, pas de souci, c'est parfaitement normal, affirma Ginny d'un ton dégagé.

Elle pensait que Claire aussi aurait bien fait d'étudier la question. D'ailleurs, cela pourrait donner une petite colonne assez chouette dans le numéro de la semaine prochaine. « Mères contre filles : qui aime quoi ? »

— Je me souviens, quand Geneva avait douze ans, elle a débarqué en collants résille avec une robe en satin. Elle avait l'air d'une danseuse des *Folies-Bergère*.

— J'imagine que vous ne l'avez pas laissée sortir comme cela, s'étrangla Claire.

— Oh, si, rétorqua Ginny. Quatre de nos voisins se sont écroulés de rire ! Elle a tout de suite compris le message. À la maison, j'aurais dû me bagarrer des heures.

— Voilà qui est malin, soupira Chitrita. J'ai bien peur de ne pas être une très bonne mère. Vous savez, Rajiv est un homme têtu. Il adore Sumitha mais il est très strict. Et moi, je déteste provoquer des disputes. Je crains que Sumitha ne souffre de ma faiblesse.

Toutes murmurèrent leur sympathie, secrètement soulagées : les mères idéales ne couraient pas les rues !

— Moi, c'est pareil, intervint tout à coup

Mme Joseph. Pendant des années, j'ai regardé mon mari planifier la vie de John à sa place, sans réagir. Henry a dû se battre pour arriver là où il est aujourd'hui. Je pense qu'en un sens il souhaite revivre sa vie à travers John. Il veut à tout prix qu'il aille à l'université, mais John a décidé de faire une école d'art. Henry en était vert de rage, raconta-t-elle avec amertume.

Chitrita soupira.

— C'est comme mon Rajiv. Sumitha veut se faire couper les cheveux. En Inde, cela ne se fait pas. J'ai dit à Rajiv que nous ne sommes pas en Inde, mais il ne démord pas de son idée. Alors, qu'est-ce que je peux faire ?

— Eh bien, déclara Anona d'un ton décidé, moi, au moins, je change tout. Je vais soutenir John. Même si j'ai peur de la réaction de Henry. Et je retourne à la fac.

Elle leur exposa son projet : devenir architecte d'intérieur et monter sa propre affaire. Grosse impression dans l'assemblée. Puis Mme Turner raconta qu'elle devait passer un entretien la semaine suivante.

— Il s'agit d'un poste de secrétaire dans une école primaire.

— Je croise les doigts pour vous, dit Ginny. Bientôt, vous serez la seule mère à rester sagement au foyer, fit-elle remarquer à Mme Farrant.

— Avant, soupira Claire, j'adorais m'occuper de la maison mais, ces jours-ci, j'ai envie de sortir plus...

— Moi, je donne des cours d'anglais aux étrangers, signala Mme Banerji. On n'est jamais trop nombreux. Venez pendant que les petits sont à la garderie. Cela vous plaira.

Au moins, je penserais à autre chose que cette histoire avec Emma, se dit Mme Farrant.

— Je suppose, reprit-elle en se tournant vers Ginny, qui entamait sa troisième part de gâteau aux carottes, que vous n'avez pas de problèmes avec Julie, vous qui êtes une spécialiste des problèmes relationnels ?

Ginny fit la grimace.

— N'allez pas croire ça. C'est beaucoup plus facile de dire aux autres comment mener leur vie que d'arriver à démêler la vôtre. En ce moment, Julie est fâchée contre moi.

— Vous ne vous mettez pas dans tous vos états quand vos enfants piquent des crises et veulent faire des choses extravagantes ? demanda la mère d'Emma.

— Bien sûr que si, affirma Ginny, mais s'inquiéter ne les empêche pas de grandir. Il faut qu'ils fassent quelques erreurs.

Elle marqua une pause avant de reprendre :

— Warwick part en Indonésie demain, je suis malade d'inquiétude. Mais qu'est-ce que je peux faire ? Il est adulte, il aime les arbres plus que les gens et il est décidé à y aller. Je lui ai demandé de nous appeler, ajouta-t-elle, mais Warwick n'a pas de tête. Et Julie trouve que je devrais être tout le temps à la maison, à son service.

— Si cela peut te consoler, intervint Emily, Laura trouve que tu es la meilleure des mères. Combien de fois elle m'a dit : « Oh, Maman, si seulement tu étais comme la mère de Julie ! » Apparemment, tu es dans le coup, et moi je suis à côté de la plaque ; tu connais la vie, moi je ne comprends rien... Je continue ?

Mme Farrant resservit du café à tout le monde et annonça :

— Le prochain sujet de disputes sera sans doute les amoureux. Cela m'inquiète sérieusement.

On dirait que tout vous inquiète sérieusement, pensa Ginny, mais elle se contenta de sourire.

— Au trimestre dernier déjà, Laura avait un faible pour Duncan Nisbet, mais elle n'en parle plus, dit Mme Turner. Bizarre.

— Julie a rencontré un certain Rob, en discothèque. Un garçon de troisième, je crois, intervint Ginny.

— Ah, oui, c'est le meilleur ami de John, précisa Mme Joseph. Ils étaient ensemble en primaire.

— Gentil garçon. Il ne cesse pas de venir me voir et de me demander des conseils pour devenir journaliste. C'est agréable de les aider quand on peut, ajouta Ginny.

— Alors tu voles les petits copains de ta fille, maintenant ? la taquina Emily.

— Oh, Julie ne le considère pas comme son petit copain... enfin, elle ne l'a jamais dit. Et il ne semble pas faire tellement attention à elle... Il m'a juste raconté qu'ils s'étaient rencontrés au *Zig-Zag* et... flûte, tu crois que Julie est en rogne parce qu'il s'intéresse plus à l'écriture qu'à elle ?

Personne ne répondit.

— Sumitha n'a pas d'amoureux, reprit Chitrita. Son père ne le permettrait pas.

— Elle avait l'air d'apprécier beaucoup John... commença Claire.

— Oh ! là là, il est si tard ? coupa Emily. Il faut que j'y aille.

— John ? répéta Chitrita, déconcertée.

— Oui, le fils d'Anona. Elle m'a confié que c'est un ami... reprit Claire, hésitante.

Emily imagina le père de Sumitha découvrant que sa fille était très « proche » d'un garçon. La situation était désespérée. Il fallait agir de toute urgence.

— Oh, non, je suis vraiment désolée, Claire ! s'écria Emily quand sa tasse de café atterrit sur son hôtesse.

Dans la précipitation qui suivit pour trouver de l'eau froide, des torchons et de l'essuie-tout, le sujet fut complètement oublié.

Mme Banerji avait compris malgré la diversion d'Emily. Cela devait arriver un jour, mais Sumitha était une jeune fille raisonnable.

Après tout, pensa Emily en considérant le costume taché de Claire, il fallait éviter le scandale, non ?

EMMA
AU SEPTIÈME CIEL

Quand Emma rentra du collège ce soir-là, sa mère la fit asseoir et l'interrogea :

— Quel genre de vêtements aimerais-tu porter ? Je ne dis pas, ajouta-t-elle vivement, que je serai forcément d'accord.

Emma avala sa salive.

— Eh bien, commença-t-elle, un minikilt, ce serait génial.

Elle prononça tout doucement le mot « mini » et mit l'accent sur la partie « kilt ».

— Et peut-être des sabots vernis. Ou une chemise en satin, une veste style années 1940, un gilet en velours froissé...

Sa mère soupira.

— Oh, chérie, je ne sais pas... Il est vrai que tu as presque quatorze ans.

— Oui ! s'écria Emma. C'est ce que j'essaie de te faire comprendre depuis longtemps...

— OK, OK, coupa sa mère, décidée à éviter une

autre dispute. Je veux bien t'acheter de nouveaux habits. On ira samedi prochain faire un saut chez Tammy Girl et...

— MAMAN !

— Désolée, désolée. Streetwear, Miss Dynamite, où tu veux...

— Ça serait génial ! s'enthousiasma Emma. Mais je pourrais y aller avec Laura ou Sumitha ? C'est pas cool de se trimballer avec sa mère en ville.

— Ah, je vois. Et tes amies, elles vont payer la facture ?

— Non, mais...

Sa mère soupira. Compte jusqu'à dix ! s'ordonna-t-elle.

— Très bien. Tu y vas avec les filles, tu choisis tes habits, et je te retrouverai plus tard pour signer le chèque.

Emma bondit et serra Mme Farrant contre elle.

— Merci, Maman... Je vais appeler les autres.

— Tu les vois demain !

Mais Emma était déjà en train de composer un numéro.

FOLLE JOURNÉE
POUR EMMA

Sumitha était enchantée de faire les boutiques samedi avec Emma. Elle était décidée à franchir le pas : son père était de meilleure humeur, elle en profiterait pour se faire couper les cheveux.

Le lendemain, au collège, Emma demanda à Julie et à Laura de venir aussi. Secrètement, elle voulait pour l'accompagner une fille qui ne soit ni mince comme un fil ni d'une beauté éblouissante : Laura serait parfaite. Mais cette dernière fit la moue et déclara qu'elle n'irait que si Sumitha ne venait pas. Emma eut une réaction des plus inhabituelles : elle perdit son sang-froid.

— Reprends-toi, Laura, arrête de râler tout le temps pour un garçon qui n'a sûrement pensé à aucune de vous deux depuis samedi ! Qu'est-ce qui est plus important, les amies ou un garçon qui ne t'adressera la parole que s'il n'a rien de mieux à faire ?

Laura eut l'air penaud. En vérité, elle commençait à se lasser de jouer les martyres.

Le samedi, elles se rendirent donc en ville. Emma choisit une jupe, une minirobe d'un rose lumineux et deux petits hauts courts. Elle n'avait plus qu'un seul problème : trouver un moyen de convaincre sa mère qu'il s'agissait de vêtements indispensables à sa garde-robe.

— Ce qu'il te faut, suggéra Julie, c'est une stratégie. Montre-lui d'abord un truc extravagant... cette salopette en P.V.C. doré, là-bas. Après, quand elle se mettra à hurler...

— C'est sûr, elle va hurler, intervint Emma.

— Quand elle se mettra à hurler, continua Julie, tu diras « OK, Maman, et ça ? » et tu lui montreras ce que tu veux vraiment. Pas mal, hein ?

— Génial ! s'écria Emma.

Puis ce fut le tour de Sumitha. Elle avait acheté trois paires de boucles d'oreilles et était impatiente de se faire couper les cheveux. Les filles entrèrent d'un pas décidé chez Affaires de Franges et regardèrent les cheveux noir corbeau de Sumitha tomber sur le sol.

Une heure plus tard, Sumitha émergea avec une coupe au bol bien nette. Et fondit en larmes.

— Je déteste ! se lamenta-t-elle.

— C'est superbe ! déclara Julie.

— Tu es magnifique, renchérit Laura en pensant

que Sumitha ne plairait plus à John sans ses sublimes cheveux longs.

Il fallut deux beignets et une tasse de chocolat chaud pour calmer Sumitha. Après avoir mis une de ses nouvelles paires de boucles d'oreilles et croisé le regard admiratif d'un garçon plutôt sexy à la table d'à côté, elle se sentit beaucoup mieux. Peut-être que John l'aimerait encore plus.

— Maintenant, il me reste à affronter l'orage à la maison, soupira-t-elle en se dirigeant vers l'arrêt de bus.

Mme Farrant arriva chez Streetwear à l'heure convenue. Emma lui montra la salopette dorée.

— NON, TU NE TE PROMÈNERAS PAS AVEC ÇA ! cria Mme Farrant d'une voix stridente.

La directrice de la boutique, affolée, laissa tomber son gobelet de café.

— OK, OK, Maman, comme tu voudras, dit Emma. Tu préfères ça ?

Elle tendit la jupe, la minirobe et l'un des hauts.

— La jupe est terriblement courte, la robe est très voyante... oh, bon, vas-y. Prends-les. C'est mieux que cet affreux truc en plastique.

— Merci, Maman, tu es adorable.

La vendeuse plia les vêtements et les rangea dans un sac avec la rapidité d'une tortue sous tranquillisants.

— Euh, une minute, intervint la mère d'Emma. Est-ce que cet ourlet est en train de se défaire ?

Elle indiqua un ou deux fils qui pendaient.

— Oh, c'est juste l'endroit où y s'arrête, dit la vendeuse.

— Eh bien, visiblement, il n'est pas terminé, cet ourlet, alors ! Ça ne va pas du tout. Vous pouvez m'en trouver une qui soit en bon état ?

La vendeuse haussa ses sourcils épilés et s'éloigna sans se presser. Emma ne savait plus où se mettre. Laura et Julie contemplaient la scène, bouche bée.

— Oh, Maman, ne fais pas de scandale, murmura Emma en enroulant sa jambe gauche autour de sa jambe droite, chose qu'elle faisait toujours quand elle était affreusement gênée. C'est juste un tout petit bout d'ourlet qui se défait. Je m'en occupe.

Mme Farrant attrapa le vêtement :

— Et regarde ça. Il manque un bouton.

— Il y en a un de rechange à l'intérieur. Je peux le coudre moi-même, Maman. Paie simplement sans faire d'histoires.

— Je ne fais pas d'histoires, Emma, je fais une remarque.

La vendeuse revint tranquillement avec une autre jupe.

— Ça vous ira ? ronchonna-t-elle.

Mme Farrant l'examina.

— Merci, ça ira très bien. Maintenant, ce bouton...

La vendeuse soupira.

— Ouais, qu'est-ce qu'il a ?

— Il n'y en a pas, voilà ce qu'il a !

— Un instant, madame, je vais voir si nous avons ce modèle en réserve.

— MAMAN !

La gêne d'Emma atteignait de nouveaux sommets.

La vendeuse revint.

— Je suis désolée, madame, c'est le dernier. Mais je peux vous faire une réduction.

— Bien, ça ira parfaitement.

Laura et Julie étaient impressionnées.

— Elle sait s'y prendre, ta mère, souffla Laura.

— Voilà, les filles, conclut Claire. Gardez la différence et achetez-vous à boire pendant que je termine mes courses. Je te vois à la maison, Emma.

— Merci, Maman... vraiment, merci beaucoup.

— Elle a été géniale, déclara Julie. Moi, je n'aurais rien osé dire.

— Elle a été vachement cool, hein ?

Emma se sentait plutôt fière de sa mère. C'était une expérience inédite.

— Je crois que je vais la rejoindre et lui offrir des chocolats... Pour la remercier. À tout à l'heure.

— Je le fais, ou pas, Laura ? demanda Julie un peu plus tard.

Elles étaient installées devant des frites et un Coca.

— Faire ou ne pas faire quoi ? dit Laura, qui ressassait tranquillement ses tracas amoureux.

— Me faire percer le nez.

— Tu n'es pas sérieuse ? s'étrangla Laura.

L'énormité de cette suggestion chassa les pensées romantiques de son esprit.

— Ta mère va être folle. Enfin, la mienne, elle deviendrait folle. La tienne est extra, alors je suppose que ça ira.

— Elle en parlerait sans doute dans le journal de la semaine prochaine, grommela Julie. « Le jour où Julie est devenue punk. » Ça ne m'étonnerait pas d'elle. Comment tu fais quand tu as le nez percé et que tu attrapes un rhume ?

— Beurk, fit Laura.

— Je vais faire les oreilles, alors.

— Elles sont déjà percées.

— Je veux d'autres trous ! Viens.

Sumitha entra en catimini par la porte de derrière. Elle avança jusqu'à l'escalier sur la pointe des pieds. Et se trouva nez à nez avec sa mère qui sortait du salon.

— Tes cheveux ! s'étrangla Chitrita.

La jeune fille sentit sa gorge se serrer.

— Je suis désolée, Maman, je pensais que ça serait... Et Papa a dit qu'il me laisserait faire plus... Mais s'ils n'avaient pas coupé les côtés si... Oh, Maman !

Et Sumitha fondit à nouveau en larmes. Sa mère l'étreignit dans ses bras.

— Tu es censée être contente. Qu'est-ce qui se passe ?

— J'ai l'air ridicule, hoqueta Sumitha.

— Tu es superbe !

— Vraiment ?

— Vraiment.

— Tu trouves que j'ai l'air, euh, un peu plus... tu sais... ?

— Tu es très élégante... Très jeune fille.

— Papa va piquer une crise !

— Ça, c'est certain.

JULIE CALME LE JEU

— Salut, Julie, alors, ces courses... mais qu'est-ce que c'est que ça ? Tes oreilles... tu as une demi-douzaine de trucs dans les oreilles !

— Trois brillants et un anneau, pour être exacte, répondit Julie.

— Eh bien, enlève-les tout de suite !

— Sûrement pas. Je viens de me les faire percer. Pourquoi je les retirerais ?

— Parce que le règlement du collège autorise une seule petite boucle par oreille ; parce que tu fais sale et vulgaire ; parce que...

— Tu fais attention à ma façon de m'habiller ? En général, tu es trop occupée à te ravaler la façade ou à flirter avec mon copain. Manque de pot, je les garde et...

— Oh, non, jeune fille, tu ne les gardes pas. Tu les ôtes immédiatement ou je...

— Ou QUOI ? cria Julie. Tu vas publier un article sur moi dans ton journal ? Raconter à la Terre entière comment cette imbécile de Julie a encore fait quelque chose de travers ? Ce sont MES oreilles. Je suis à la mode et ça se voit ! Point.

Julie était à court d'arguments.

Ginny se leva et posa le bras sur l'épaule de sa fille.

— Julie chérie, tu es bien trop jolie comme ça, aucun besoin de toutes ces cochonneries en métal dans les oreilles !

Julie la regarda.

— Tu m'avais jamais dit que je suis jolie. C'est vraiment vrai ?

Ginny s'assit et attira Julie près d'elle.

— Bien sûr que tu es jolie, bécasse. Je suis désolée, chérie, c'est une telle évidence pour moi : j'oublie que tu as besoin de l'entendre, toi aussi. Tu es superbe.

Julie parut légèrement apaisée.

— Et c'est quoi, cette histoire de flirt avec ton copain ? continua Ginny en se souvenant de la discussion chez Mme Farrant. Tu n'aimes pas que je discute avec Rob ?

— Tu appelles ça discuter ? grommela Julie. Tu lui baves carrément dessus. C'est ignoble.

Sa mère réprima une envie de rire.

— Je suis désolée, chérie, je n'ai pas réfléchi. Il a tellement envie d'écrire... Je me suis sentie flattée que quelqu'un veuille mon avis sur autre chose que l'acné et les petits copains ! Mais flirter ? C'est de la folie... ce n'est qu'un gamin boutonneux !

— Il n'est pas boutonneux... jeta Julie. Enfin, pas trop.

— Tu l'aimes vraiment bien, Rob, hein ?

Julie haussa les épaules... puis hocha la tête.

— Alors, fonce, je me tiendrai à l'écart, promis. Mais débarrasse-toi de ces trucs métalliques, ça ne te va pas, chérie.

Elle sourit :

— J'aimerais bien être comme toi, tu peux me croire.

Julie lâcha un sourire mouillé de larmes.

— Dans ma classe, tout le monde trouve que tu es la mère la plus élégante. Encore heureux, vu le temps que tu passes à te pomponner.

— Certes, je suis un peu futile, dit Ginny. Tu sais quoi ? Le week-end prochain on sortira après l'émission. Tu choisiras une tenue que tu aimerais que je porte, quelque chose de convenable pour une mère, ajouta-t-elle en faisant la grimace. Et moi je vais t'offrir de jolies boucles d'oreilles. Mais une seule paire !

Julie sourit, puis ajouta sévèrement :

— OK, mais il faut que tu me promettes de ne pas parader dans les cabines d'essayage.

— Promis, dit sagement Ginny.

Bellborough Court

Cher Parent,

La réunion des parents d'élèves pour votre fils/ fille aura lieu le jeudi 6 juillet à 19 heures. Nous espérons sincèrement que vous y assisterez.

Merci de bien vouloir compléter le talon ci- dessous. Dès sa réception, des rendez-vous vous seront attribués avec les professeurs appropriés.

Bien à vous,

Stephen Ellwood
Directeur d'études

--- ✄ -

❏ J'assisterai

❏ Je n'assisterai pas à la réunion des parents d'élèves

❏ Je serai

❏ Je ne serai pas accompagné(e) de mon fils/fille

JOHN TROUVE
UN ALLIÉ

John appréhendait la réunion des parents d'élèves. Depuis qu'il avait annoncé à son père qu'il voulait intégrer une école d'art après le bac, leurs relations étaient tendues. Mais, bizarrement, sa mère l'avait très bien pris – elle l'avait même encouragé.

John lui avait avoué que la seule chose qui l'excitait vraiment, c'était jeter des idées sur le papier – pas en mots mais en images. Il rêvait d'être dessinateur pour un journal. Des tas d'autres choses pourraient lui plaire, comme illustrer des couvertures de livres. Mais il avait besoin de suivre des cours dans une école d'art. Il lui serait utile de suivre l'option dessin et d'étudier la céramique plutôt que l'histoire. Et Bellborough Court ne lui offrait rien de tout ça.

John entendit la voix de La Sueur (connu aussi sous le nom de M. Ellwood ; il devait son surnom à son aversion pour les déodorants).

— Bonsoir, monsieur Joseph... et John.

M. Ellwood leur fit signe de s'asseoir.

— Voyons cela... ah, oui. Voici le dossier de John.

— Écoutez, commença M. Joseph, avant même que le professeur ait pu placer un mot, mon fils est obsédé par les écoles d'art. C'est absurde. Vous saurez peut-être lui faire entendre raison. Moi, je n'y arrive pas...

— Merveilleuse idée ! s'exclama M. Ellwood. John a un vrai don. Regardez, des 18 toute l'année ! Et ce dessin qu'il a réalisé pour la couverture du journal de l'école... quel talent !

— Mais John vise Cambridge, le droit, ce genre de choses... glapit M. Joseph.

M. Ellwood se tourna vers John, l'air plutôt surpris.

— John ?

— Je ne veux pas aller à l'université. C'est l'idée de Papa, marmonna celui-ci, le cœur battant.

M. Ellwood soupira intérieurement. Qu'est-ce qui lui prenait, à cet homme, d'imaginer que son fils avait la capacité d'entrer à Cambridge ? John avait déjà beaucoup de difficultés sur le plan scolaire et il n'était encore qu'en troisième. Il prit une profonde inspiration.

— Pour être tout à fait franc avec vous, monsieur Joseph, John n'est certainement pas au niveau pour Cambridge, vous savez. Tandis qu'en matière d'art...

— Eh bien, c'est à vous de faire en sorte qu'il soit au niveau pour Cambridge ! Pourquoi croyez-vous que je débourse tout cet argent ?

À présent, les trois quarts de la pièce jetaient des regards obliques vers M. Joseph qui gesticulait.

— Monsieur Joseph, glissa M. Ellwood, John pourrait aller très loin. On voit bien qu'il est talen-tueux. Il aura plus de chances de s'accomplir dans ce domaine en fréquentant un lycée équipé d'ate-liers et de tout le matériel utile. Bellborough Court n'est pas ce genre d'école.

— C'est ridicule, fulmina Henry Joseph.

Il se leva et se tourna vers John pour lui faire signe de le suivre, mais celui-ci était déjà parti.

— Monsieur Joseph, reprit M. Ellwood, j'ai quel-que chose à vous montrer.

UNE VICTOIRE
POUR JOHN

John était assis près du garage à vélos, profondément dégoûté. Quand La Sueur, miraculeusement, avait proclamé qu'il était super-doué en dessin, il avait eu une soudaine bouffée d'espoir. Mais bien sûr, son père avait refait son laïus sur Cambridge, les études de droit... et ils n'étaient arrivés à rien.

Il pensa à ce que cette fille, Sumitha, avait dit : « Fonce, ils finiront par changer d'avis. » Pendant quelques jours, il l'avait crue. Eh bien, elle s'était trompée. Pendant un court moment, il avait espéré que sa mère convaincrait son père. Il aurait voulu avoir plus d'audace, un peu comme la fille qu'il avait renversée à vélo. Je parie qu'elle se serait défendue, elle, pensa-t-il, et il sourit en la revoyant faire une scène au beau milieu de Billing Hill.

Son père émergea de l'arrière du bâtiment des sciences.

— Allons-y, John.

John trouva qu'il semblait quelque peu résigné. Ils marchèrent en silence jusqu'au parking.

Quand ils furent dans la voiture, son père toussa, regarda John et toussa de nouveau.

— Tu ne m'avais pas dit que tu dessinais la couverture du journal du collège.

— Les couvertures de journaux, ça ne compte pas pour l'admission à Cambridge, alors je pensais que ça ne t'intéresserait pas.

— M. Ellwood me l'a montrée... C'est vraiment bien.

— Merci, Papa.

— Il m'a aussi montré ces caricatures de politiciens que tu as faites, et ta maquette pour le décor de la pièce du collège. C'est super. Écoute, je... enfin, je pense que tu as tort. Je trouve même que tu es fou. Mais si cette affaire de dessin t'attire tant, je ne t'empêcherai pas de te lancer.

— Vraiment ? Tu veux dire, je peux lâcher la chimie et...

— Attends, attends. Je pense toujours que dans un an ou deux, l'eau aura coulé sous les ponts. Tu te rendras compte alors que dans une école d'art tu gaspillerais tes possibilités. Car tu es capable de réussir dans les études. Mais si tu veux aller à Lee Hill et prendre l'option céramique, dessin et tout le bazar, une fois que tu auras passé le Brevet... eh bien, je donnerai mon accord.

— Génial !

— Mais à une condition : tu continues à travailler dur les matières classiques pour tes examens.

— Oui, Papa, dit sagement John. Et... merci, Papa. Je sais que je te déçois.

Son père toussa de nouveau.

— Non, non... je ne suis pas déçu. En fait, quand j'ai vu ce dessin que tu as fait, j'ai été sacrément fier. Je me demande d'où ça te vient. Moi, je n'ai jamais été capable de dessiner.

Il reprit, songeur :

— Je me demande ce que diraient les autres, au club, si mon fils devenait dessinateur pour le *Daily Telegraph*.

Collège de Lee Hill

Réunion des parents d'élèves

La réunion des parents d'élèves aura lieu le vendredi 7 juillet à 19 heures. Cette réunion concerne les parents, les tuteurs et les élèves. Les frères et sœurs ne sont pas autorisés à y assister.

Du thé et des rafraîchissements vous seront proposés. Les bénéfices seront versés au Fonds de rénovation du court de tennis.

Rachel Hopkirk
Conseillère d'éducation

JULIE DIRIGE
LES OPÉRATIONS

Ginny n'était pas vraiment d'humeur à assister à la réunion de parents d'élèves. Elle n'avait pas eu de nouvelles de Warwick depuis son départ pour l'Indonésie ; elle s'inquiétait. Il téléphonerait peut-être ce soir... et elle le raterait. Pour ne rien arranger, Julie tournicotait autour d'elle pendant qu'elle se changeait.

— Maman, si tu mets ça, je reste à la maison.

Ginny soupira.

— Maman, tu as entendu ce que j'ai dit ? répéta Julie.

— Oh, Julie, qu'est-ce que tu as ? Qu'est-ce qu'il a, ce tailleur ?

— Les mères ne portent pas de tailleurs-shorts. Pas les mères normales, en tout cas. Pas les mères avec des veines dans le creux des genoux.

— Oh, mon Dieu, où ça ?

— Elle est toute petite, l'apaisa Julie. Mais s'il te plaît, Maman, enlève ce short et mets une jupe. S'il te plaît. Pour moi.

Ginny n'était pas la seule mère à subir l'inspection de sa progéniture. Emma avait fait enlever à la sienne sa jupe bleu marine en velours côtelé et lui avait fait enfiler son plus beau tailleur beige. Laura, elle, répétait à Mme Turner les sujets qu'elle devait éviter.

— Ne mentionne rien de gênant, d'accord ? Ne parle pas de Melvyn et toi, ni de Papa et l'abominable Betsy, ni de la maison...

— Laura, je vais au collège pour parler de TOI. De tes résultats en maths, en français, en histoire... Pas pour raconter ma vie privée. Rappelle-toi, ce n'est pas moi qui lave notre linge sale en public.

— Oh, c'est ça, ressors le passé, balance-moi mes erreurs dans la figure, te gêne pas... Dis juste le strict minimum, OK ?

— Maman, dit Sumitha, Papa ne va pas faire de scandale à la réunion des parents d'élèves, hein ?

— Pourquoi ferait-il ça ? demanda sa mère.

— Eh bien, il est toujours fâché à cause de ma coiffure, non ? S'il en parle au collège...

— Bien sûr que non... Après tout, ce ne sont pas les professeurs qui t'ont coupé les cheveux, si ?

— Non. Mais je ne veux pas qu'il se mette à déblatérer sur la discipline et les jeunes Anglais et...

— Sumitha, ton père sera très bien. Fais-moi confiance.

— Merci, Maman.

Mme Banerji aurait aimé être aussi sûre d'elle qu'elle le paraissait.

37

MÈRES : 2
PROFESSEURS : 0

Finalement, après la réunion, les quatre filles rentrèrent à la maison en état de choc.

La mère de Laura s'était attaquée à Mlle Hopkirk, qui s'évertuait à enseigner l'anglais de la sixième à la terminale depuis le Moyen Âge et qui ressemblait à une fouine sous-alimentée.

Celle-ci avait en effet déclaré que le niveau de Laura avait baissé ces derniers mois, mais que ce n'était pas la faute de son élève.

— Après tout, avait-elle dit avec une gêne affectée, elle n'est qu'une victime. De telles difficultés à gérer, pour une si jeune personne...

Mme Turner dont la ceinture, trop serrée, lui rappelait toutes les trois minutes qu'un régime s'imposait, avait répliqué :

— Et quelles sont ces difficultés, mademoiselle Hopkirk ?

La vieille prof avait alors jeté un regard oblique à Laura.

— Eh bien, les... euh, les... à cet âge-là... euh... c'est déplaisant de s'apesantir là-dessus, mais, euh... les bouleversements familiaux se paient, visiblement. Un parent seul, vous savez...

— Vous suggérez, mademoiselle Hopkirk, que je suis la cause des mauvais résultats de ma fille ? Que je suis entièrement responsable du déclin des principes grammaticaux ? Est-ce moi qui rédige ses fichues dissertations ? Est-ce ma faute, les devoirs en retard ? Peut-être, mademoiselle Hopkirk, que je suis aussi la cause du réchauffement de la planète, de la hausse des prix...

— Maman ! avait sifflé Laura.

Le cou de Mlle Hopkirk avait pris une vilaine teinte violette.

— Oh, madame Turner, je voulais seulement dire que depuis que Laura a perdu un parent, elle...

— Non, c'est VOUS qui allez m'écouter, mademoiselle Hopkirk. Laura n'a pas perdu un parent. Elle n'en a même pas égaré un, ne serait-ce que temporairement. Son père est vivant et en bonne santé, et il la voit régulièrement.

— Oh, oui, mais...

— Mais rien ! avait jeté sèchement Mme Turner. Laura est une enfant géniale. Nous l'aimons, moi, son père, toute sa famille. Elle travaille peut-être moins bien parce qu'elle trouve vos cours ennuyeux ? Ou parce que c'est une adolescente normale qui passe trois heures au téléphone et dix minutes à faire ses devoirs ? Quelle qu'en soit la raison, nous allons régler le problème. Laura et moi. Avec son père. Nous n'avons pas besoin des insinuations déplaisantes de vieilles filles desséchées comme vous. Bonsoir !

Laura en était restée interdite.

Après deux aspirines vitaminées et une tasse de thé, Mlle Hopkirk s'installa pour converser avec Mme Gee, la journaliste. Elle, au moins, c'était une mère qui connaissait son affaire.

— Madame Gee, je m'étonne qu'avec une mère aussi talentueuse Julie rédige des commentaires de textes très médiocres, minauda-t-elle.

— Mademoiselle Hopkirk, ma fille est une personne. Ce n'est pas un clone de sa mère, et elle ne voudrait certainement pas l'être. Julie est brillante en sciences, elle ne s'évanouit pas à la seule vue du sang comme le fait sa mère. Elle veut être vétérinaire. Je ne crois pas, mademoiselle Hopkirk, que pour mettre une attelle à un berger allemand, on ait besoin de savoir analyser l'emploi du participe passé chez Dickens. Bonsoir !

Mlle Hopkirk prit une autre tasse de thé et respira profondément pour calmer ses nerfs. Décidément, les parents d'aujourd'hui ne comprenaient rien.

— Emma est douée pour les langues. Vraiment douée, déclara M. Horage, le prof de français.

Il se demandait pourquoi Mme Farrant portait un tel costume pour la réunion parents-professeurs.

Emma sourit. Sa mère avait l'air impressionnée.

— Le prochain voyage à Paris lui sera extrêmement bénéfique, poursuivit-il.

Emma sentit sa gorge se serrer. Mme Farrant répéta :

— Paris ?

— Je n'en avais pas encore parlé à ma mère, en fait, souffla Emma.

— Pas parlé ? s'étrangla Claire.

Emma sortit un papier chiffonné de la poche de son blazer.

VOYAGE SCOLAIRE AU CENTRE
LES MOULINS, PARIS

Cher Parent,

Pendant la première semaine des vacances d'été, M. Horage, Mlle McConnell et Mme Sandell emmèneront un groupe d'élèves à Paris.

Le logement est prévu dans les dortoirs du centre Les Moulins, d'où les principaux monuments sont faciles d'accès.

En plus des activités linguistiques, les élèves auront la possibilité de visiter la ville, de faire les boutiques et de passer du temps avec des familles françaises chez elles.

Bien à vous,

Jeremy Horage
Professeur de français

— Ils sont bien jeunes pour... murmura Claire.

— Maman, s'il te plaaaaaaîîît !

— Je crois qu'Emma et vous avez besoin d'en discuter, intervint alors M. Horage. Mais je vous assure que ce séjour serait très bien pour Emma.

Il eut un petit rire nerveux.

— C'est à moi de juger de ce qui est bien pour Emma, riposta Claire.

— Maman ! pesta Emma.

Sumitha était prise en sandwich entre sa mère et son père. Depuis la coupe de cheveux, la semaine précédente, son père lui avait à peine adressé la parole.

À présent, elle priait pour que les professeurs aient quelque chose de gentil à dire sur elle.

— Alors, comment progresse Sumitha ? demanda M. Banerji.

— Très bien, déclara M. Ellwood. Elle est bonne dans toutes les matières. Avec, bien sûr, un talent particulier pour le théâtre, la danse et le chant... Mais vous devez le savoir...

Rajiv hocha la tête.

— ... elle veut faire de la télévision, poursuivit M. Ellwood. Vous aurez sans doute un jour la fierté de la voir présenter *Ce matin* !

Il rit.

— Elle adore être la vedette depuis toute petite, confia Chitrita, amusée.

Sumitha ne savait plus où se mettre.

— Tu vas passer l'audition pour le spectacle du lycée l'année prochaine, bien sûr ? demanda M. Ellwood à Sumitha.

Elle acquiesça avec enthousiasme.

— Le spectacle ? s'enquit Rajiv.

— *Oliver Twist* ! annonça M. Ellwood. Sumitha ferait un Finaud idéal. En plus, avec ses cheveux coupés, c'est un rôle sur mesure !

Rajiv s'éclaircit la gorge.

— Et son attitude ? demanda-t-il. Comment se tient-elle ?

M. Ellwood parut surpris.

— Son attitude ? Sumitha est charmante, efficace et très déterminée, dit-il en souriant. Elle sait où elle va dans la vie et, croyez-moi, elle y arrivera. Personne ne marchera jamais sur les pieds de Sumitha Banerji, et dans le monde actuel, c'est un atout.

— Sans doute, bafouilla Rajiv Banerji, un peu dépassé.

38

UNE ÉCLAIRCIE POUR EMMA

— Maman, comment tu as pu me faire ça ? Tu m'as encore fait passer pour un bébé... « *Oh, mais elle est si jeune... !* »

— Emma, tu ne comprends pas. On lit de telles horreurs sur des étudiants livrés à eux-mêmes dans des villes étrangères...

— MAMAN ! C'est Paris, pas la Thaïlande. On sera hyper-nombreux et tout est bien organisé. Je ne risque pas de me faire agresser pendant une virée à la tour Eiffel ! S'il te plaît...

— Peut-être, mais malgré tout...

— Demande à Papa, il dira oui, plaida Emma.

Mme Farrant était sûre qu'il serait d'accord – ces derniers temps il semblait carrément impatient qu'Emma grandisse. Et toujours prêt à accuser sa femme de l'en empêcher. Qu'est-ce qu'il avait dit ? « *Si tu n'acceptes pas ça, tu la perdras.* »

— Maman, s'il te plaît, tu... ?

— Je vais y réfléchir, soupira Claire. Je te le promets, je vais y réfléchir.

— Merci, Maman, dit Emma.

Et elle se mit à prier très fort.

— Maman, tu as été géniale ! s'exclama Laura sur le chemin du retour.

— Quand ? demanda sa mère, comme s'il lui arrivait tous les jours de remettre à leur place des vieilles demoiselles.

— Avec Mme Hoppy. Tu pensais vraiment ce que tu as dit ?

— Quoi ? Que c'est une stupide... commença sa mère.

— Non : que tu m'aimes et que Papa m'aime.

— Bien sûr que oui. Tu le sais bien. Comment peux-tu en douter ?

Sa mère lui donna un coup de coude affectueux.

— Est-ce que Papa m'aime encore, maintenant qu'il a ces deux stupides gamins qui vivent avec lui ?

— Évidemment, idiote. Tu es sa fille. Eux, ils ne seront jamais ses enfants... et il ne voudrait pas que ce soit autrement.

— Et toi aussi, tu m'aimes ? insista Laura. Même maintenant qu'il y a Melvyn ? Et quand je fais la tête, et que je râle à cause de lui ? Et aussi quand je ne fais pas mes devoirs parce que je suis déprimée ?

— Laura, on t'aimerait tous les deux même si tu ne touchais plus jamais un stylo. Cela dit, ce serait du gâchis ! Tu es censée devenir le plus grand écrivain de ta génération, non ?

— Peut-être. Je suppose que tous ces traumatismes me rendront super-forte un jour.

Cette pensée lui redonna du courage.

Ginny Gee manœuvra pour sortir la voiture de la place de parking.

— Tu as été incroyable, Maman ! s'exclama Julie. Comment as-tu osé parler à la vieille Hoppy comme ça ?

— Facile. J'en ai marre des gens qui décident que parce que j'écris pour gagner ma vie, mes enfants doivent être bons en rédaction. On y a eu droit avec Geneva et Warwick, tu sais, et ça m'avait énervée aussi.

— J'ai failli m'évanouir quand tu lui es rentrée dedans. Elle avait l'air tellement ahurie. Ça aura fait le tour de la salle des profs demain matin, tu sais.

— Je suis désolée si je t'ai embarrassée, chérie.

— Tu ne m'as pas embarrassée... pour une fois !

Sumitha, dans la voiture, rêvait d'*Oliver Twist* quand son père déclara :

— J'ai été très fier de toi, ce soir.

Sumitha s'étrangla.

— Merci, Papa.

— Je suis impatient de voir le spectacle de fin d'année, poursuivit-il. Il faut que tu me prennes plein de billets. J'amènerai des amis de l'hôpital. Et, au fait, ajouta-t-il, tu es très élégante.

Sumitha fut interloquée. Et très heureuse.

UNE SOIRÉE DE RÊVE
POUR EMMA

Le lendemain, Mme Farrant et sa fille attendaient à la gare la grand-mère d'Emma qui venait pour le week-end. Celle-ci avait enfin répondu à sa lettre. Emma avait repris espoir. Seule Mamie pouvait raisonner Claire pour ce voyage en France. Quand Emma en avait parlé à son père, il avait marmonné : « Très bien, chérie », et s'était retranché derrière *Le Bistouri*.

— Ça veut dire que je peux y aller ? avait-elle demandé.

— Débrouille-toi avec ta mère, chérie. Mais je ne vois pas pourquoi tu n'irais pas.

Claire ne l'avait pas exactement contredit. Mais elle s'était mise à ronger l'ongle de son pouce et à nettoyer le tiroir à couverts, signe certain qu'elle était troublée. Maintenant, il ne manquait plus qu'un dernier coup de main de Mamie.

— La voilà ! s'écria Mme Farrant. Oh, mon Dieu, de quoi a-t-elle l'air ?

La grand-mère d'Emma ne se souciait guère de ses tenues. Elle avait tendance à enfiler le premier vêtement qui lui tombait sous la main. Ce jour-là, elle portait un pantalon de velours côtelé rose, un sweat-shirt rouge vif et un chapeau en feutre vert. Bref, elle avait l'air d'un radis géant.

— Mes chéries, comme ça me fait plaisir de vous voir, toutes les deux... et les chers petits agneaux !

Elle désigna d'un geste Samuel et les jumeaux qui, à l'arrière, se battaient férocement pour un Raider à moitié mâché.

— Yooooouuhouuu ! appela-t-elle brusquement, en agitant frénétiquement les bras vers l'autre côté du parking.

— Maman ! Qu'est-ce qui te prend ? souffla Mme Farrant.

— Bonne chance, Geoffrey ! lança-t-elle d'une voix stridente. Désolée, chérie. J'ai rencontré ce charmant monsieur dans le train. Il va passer un entretien chez Freshfoods. Je lui souhaite bonne chance, c'est tout.

Elle agita de nouveau les bras.

— Vous allez leur en mettre plein la vue ! hurla-t-elle à travers le parking.

— Maman, les gens nous regardent ! siffla Mme Farrant.

C'était la meilleure soirée de sa vie, pensa Emma. Ils avaient laissé les garçons avec une baby-sitter, la cassette de *Blanche-Neige* et des tonnes de chips.

Puis ils s'étaient rendus au *Palais du Dragon*, pour y manger des beignets de crevettes, du canard laqué et des lychees. Mme Farrant avait bu deux verres de vin et s'était calmée. Papa avait bu trois verres de vin et s'était mis à sourire à tout le monde. Mamie avait décrété qu'Emma était assez grande pour prendre un demi-verre, alors elle en avait eu aussi.

Ce fut au moment du thé au jasmin qu'Emma se lança :

— Il va y avoir un voyage scolaire à Paris, Mamie.

— PARIS ! s'écria sa grand-mère. « *Le Gai Paris* » ! J'adore Paris. Tu pars quand, chérie ?

— Eh bien, Maman n'est pas tout à fait sûre d'être d'accord...

— Mais pourquoi, Claire ? s'exclama la grand-mère d'Emma. C'est un endroit merveilleux ! Tout ce prestige, cette élégance, et puis il y a aussi la cuisine... les musées... les Champs-Élysées...

— Eh bien, le problème...

— Ha ! Bien sûr, l'argent. Suis-je bête. Écoute, je vais payer le voyage. Ça sera ses cadeaux d'anniversaire et de Noël réunis.

Puis elle s'adressa à sa petite-fille :

— Bien sûr, ta mère se fait du souci à l'idée que tu partes. Mais, ma chérie, il faudra que tu goûtes les cuisses de grenouilles au beurre d'ail... oh, et ces pains au chocolat qu'on prend au petit déjeuner !

— Maman, ce n'était pas l'argent... commença Claire.

Elle donna un coup de coude à son mari, qui ne manifesta aucune intention de prendre part à la conversation. Il regardait tristement la bouteille vide.

— Ne me remercie pas... ça me fait plaisir. Bon, qui veut encore du thé ?

40

LAURA EN VOIT DE TOUTES LES COULEURS

Laura était aux anges. Son père venait de téléphoner pour annoncer que l'abominable Betsy emmenait ses gamins à Eastbourne chez leur grand-mère. Laura voulait-elle venir passer le week-end avec lui ?

— Oh, génial, Papa ! s'enthousiasma Laura.

— Je te prends à 10 heures. On ira déjeuner au *Cheval blanc*, si tu veux. J'ai une bonne nouvelle à t'annoncer.

Le cœur de Laura bondit. Peut-être qu'il rentrait à la maison.

— Ta mère est là ? demanda-t-il.

C'est ça. J'en suis sûre, pensa Laura : il rentre à la maison.

— Non, elle est allée passer un entretien pour un boulot... secrétaire dans une école quelque part, je ne sais plus trop, marmonna Laura.

La désapprobation perçait dans sa voix.

— Eh bien, tant mieux pour elle. Dis-lui que je

veux lui parler. Et que j'ai quelque chose pour elle. À samedi alors.

Laura raccrocha et se mit à sautiller. Deux jours avec Papa, sans l'abominable Betsy ! Et il avait voulu parler à Maman. Donc il devait l'aimer encore. Et il avait un cadeau pour elle.

Laura entendit la voiture de sa mère remonter l'allée.

— Salut, Maman ! Comment ça s'est passé ? Tu veux une tasse de café ?

Mme Turner semblait lasse.

— Un café, ce serait le paradis, soupira-t-elle en s'écroulant sur une chaise. Je n'ai pas eu le boulot.

— Pas de chance, compatit la jeune fille. Qu'est-ce qui n'a pas marché ?

— Oh, comme d'habitude. « *Eh bien, madame Turner, vous n'avez pas travaillé depuis douze ans et votre vitesse de frappe est assez faible...* », etc.

Elle soupira :

— J'ai l'impression qu'ils sont entièrement informatisés, maintenant. Je vais devoir prendre des cours.

— Papa a téléphoné.

Laura attendit la réaction de joie.

— Ah bon.

— Il te fait plein de bises.

Laura avait jugé habile d'adapter les paroles exactes de son père afin de leur donner plus d'effet.

— Eh bien, c'est dommage qu'il ne m'ait pas fait un chèque, ça m'aurait été plus utile.

Chose étrange, Emily semblait sur le point de pleurer.

— Il m'a invitée pour le week-end, reprit Laura, qui ne savait plus quoi dire. Il a promis de m'emmener déjeuner au *Cheval blanc*. Ça fait une éternité qu'on n'y est pas allés.

— Oh, c'est ça, remue le couteau dans la plaie. Je sais que je ne peux pas t'emmener au restaurant ! J'espère que tu t'amuseras bien ! Tu seras loin de moi, alors...

— Maman, c'est pas ce que je voulais dire...

Sa mère se précipita à l'étage.

Quand le père de Laura arriva, le samedi matin, Emily semblait mal à l'aise.

— Salut, dit-il. Euh, au fait, je t'ai apporté ça.

Laura décida de s'éclipser afin que les grandes retrouvailles puissent avoir lieu en privé.

Dix minutes plus tard, elle descendit l'escalier. Sa mère, assise sur le canapé, bavardait gaiement. Son père riait.

Super, se réjouit Laura. Il va rentrer à la maison sous peu.

— Bon, tu es prête ? demanda son père.

Ils veulent que ce soit une surprise, se dit Laura. Je vais faire comme si de rien n'était.

— Oui, Papa.

Elle imaginait que sa mère viendrait peut-être aussi. Ils semblaient si heureux ensemble. Elle fut un peu étonnée quand elle la vit rester. Mais bon, pensa Laura, j'imagine que Papa veut m'annoncer la nouvelle seul.

Et elle se prépara à feindre la surprise.

— C'était génial, Papa.

Laura avait vidé jusqu'à la dernière miette son assiette de champignons à l'ail, de scampi et de frites. Elle venait aussi de déguster un double sundae avec sauce au chocolat et noisettes.

— Bon, je suis content de voir que ton appétit est resté intact. Maintenant, j'ai une surprise pour toi.

Génial, jubila Laura.

— On part en vacances et on aimerait que tu nous accompagnes, expliqua son père en mettant du sucre dans son café.

Formidable, pensa Laura. Des vacances en famille, à nouveau. Juste tous les trois.

Tout s'arrangeait.

— Papa, c'est super ! s'exclama Laura, et pendant un instant elle crut qu'elle allait pleurer.

— Seulement, on a décidé d'aller dans un endroit un peu spécial. On a pensé à la Bretagne.

— La Bretagne ? En France ?

Son père s'esclaffa.

— Eh bien, la dernière fois que j'ai vérifié, c'était en France, oui !

— Oh, mégagénial ! s'écria Laura.

— Je suppose que tu acceptes, alors ?

— Oh, oui oui oui !

Son père lui prit la main par-dessus la table.

— Je suis content. Et Betsy sera contente aussi. Elle était tellement impatiente de pouvoir mieux te connaître.

Laura eut un haut-le-cœur.

— Betsy ? dit-elle dans un souffle.

— Oui, elle se plaignait de ne pas te voir assez souvent. Avec deux semaines entières, vous aurez tout le temps de faire connaissance.

— Mais je pensais... tu veux que je vienne en vacances avec toi et... elle ?

— Bien sûr. Je ne vais pas la laisser seule ici, n'est-ce pas ?

Son père rit nerveusement.

Tout à coup c'en fut trop. Tant d'espoir et la certitude que tout allait s'arranger, et maintenant, voilà ! Laura quitta la table d'un bond.

— Eh bien, tu as tort ! hurla-t-elle. Tu devrais partir avec moi et Maman parce que c'est nous, ta famille, pas cette vache avec un grand nez et ses affreux gamins débiles.

Elle fondit en larmes.

— Maman prétend que tu m'aimes ! Mais si c'était vrai, tu rentrerais à la maison. JE TE DÉTESTE !

Et elle s'enfuit du restaurant en courant.

— Je crois que je ferais mieux d'entrer, dit Peter d'un ton morne quand il arriva devant chez Emily avec une Laura aux yeux rouges et une indigestion carabinée.

Son père lui avait assuré qu'aimer une personne ne veut pas dire qu'on ne peut pas en aimer une autre. Sa mère avait répété des dizaines de fois qu'elle voulait que Laura et son père s'entendent bien. Le fait qu'ils n'arrivent plus à vivre ensemble ne signifiait pas qu'ils étaient des ennemis mortels. Alors Laura décida que, peut-être, la vie n'était pas si noire.

Et si son père voulait qu'elle vienne en France, et si ça ne dérangeait pas sa mère, elle essaierait. Bien sûr, elle ne dormirait pas avec Sonia, il fallait que ce soit bien clair. Quoi que son père s'imagine, elle ne deviendrait pas amie avec Betsy. Elle irait donc. Après tout, la France ferait un excellent décor pour un roman.

41

TOUS EN VACANCES

La fin du trimestre approchait. John était sur un petit nuage : il quitterait Bellborough Court dès qu'il aurait passé le Brevet ! Il était allé à Lee Hill avec ses parents et ils avaient tout arrangé pour qu'il passe le bac là-bas. Son père avait demandé à M. Leadsom, le prof de dessin, d'accorder une attention particulière à son fils qui deviendrait sans aucun doute une figure de proue dans le monde de l'art. John aurait voulu rentrer sous terre mais, au moins, cette fois, son père était embarrassant pour la bonne cause.

La surprise finale était venue la veille.

« *Vacances actives à Dellfield* », disait la brochure.

— C'est la formule idéale ! s'exclama Mme Joseph. On peut suivre une activité le matin et une autre l'après-midi. Moi, je choisis « Histoire de l'architecture » et « Apprendre la tapisserie » !

Elle paraissait plus animée qu'elle ne l'avait été depuis des mois.

— Moi, je pense tenter « Golf bon niveau » et

peut-être « Tir aux pigeons d'argile », poursuivit son mari. Et on a pensé que ceci pourrait te convenir...

Son père montra une page cornée :

— « L'art du dessin d'humour. Le célèbre dessinateur, Blob, du *Daily Record*, dirige un cours pour débutants... »

— Merci, Papa, souffla John.

Dessiner pendant cinq jours. Génial !

— Ça me fait plaisir, dit son père. Si tu fais bonne impression à ce type, je veux bien l'inviter à déjeuner, et à la fin du repas il accepterait peut-être de...

— PAPA !

— Désolé, fiston.

— Je vais en France, moi aussi, raconta Laura le dernier jour du trimestre, tandis qu'elle et les autres vidaient leurs casiers.

— Je ne tiens plus en place ! s'exclama Emma. Toute une semaine à Paris sans personne pour me dire quoi porter, quoi manger, ni à quelle heure je dois aller me coucher !

— À part l'Horrible Horage, bien sûr, lui rappela Julie.

— Même lui, il est mieux que Maman... Il n'a pas un diplôme de Névrose Avancée, plaisanta Emma. Mais elle fait des progrès, ajouta-t-elle pour ne pas être trop injuste envers sa mère.

— Nous, on va à Estepona, déclara Julie. C'est en Espagne, ajouta-t-elle en voyant que ses amies ne réagissaient pas. On a demandé à Maman d'écrire un article sur un nouveau centre de vacances ; en échange, ils nous accordent une réduction.

— Tu as de la chance, se lamenta Sumitha. Moi, je vais dans la famille, à Calcutta. Ils vont jacasser et s'agiter, parler bengali à toute vitesse et me traîner voir des films indiens. Ça va être méga-ennuyeux.

Toutes compatirent.

— Vous savez, John, mon voisin... intervint tout à coup Emma. Celui que Laura aime bien... précisa-t-elle au cas où quelqu'un aurait oublié.

Sumitha se renfrogna.

— Je crois que Sumitha aussi l'aime bien, ajouta Julie en gloussant.

Laura, à son tour, se rembrunit.

— Eh bien, continua Emma, il vient ici l'année prochaine.

— Quoi ? s'exclamèrent Laura et Sumitha à l'unisson. Ici ? À Lee Hill ?

— Oui. Sa mère l'a dit à ma mère. Il veut faire du dessin et devenir illustrateur ou caricaturiste... un truc comme ça.

Alors Sumitha rêva que Laura mange une cuisse de grenouille empoisonnée et ne revienne jamais. Laura, troublée, imagina que la famille de Sumitha la gardait à Calcutta pour toujours.

— On s'écrira toutes pendant notre absence, hein ? demanda Emma.

— Oh, oui ! répondirent les autres en chœur.

Bien sûr qu'elles s'écriraient. Après tout, les vacances étaient un sérieux problème pour les accros du téléphone...

42

LES FILLES
AU SPECTACLE !

La mère de Julie semblait avoir retrouvé la forme depuis qu'elle avait organisé leurs vacances en Espagne.

— Mais tu seras en train d'écrire toute la journée, s'était plaint Barry. Je ne vais pas te voir du tout... Bon, peut-être que tu pourras t'arranger pour qu'on me laisse aller dans la cuisine de l'hôtel apprendre des recettes espagnoles.

— Peut-être, avait dit Ginny.

La bonne humeur de Ginny n'était pas seulement due à la perspective de deux semaines au soleil. Elle venait d'être élue Chroniqueuse Régionale de l'Année, Warwick avait enfin téléphoné, d'un endroit au nom bizarre : il était vivant, en bonne santé et très heureux. Geneva, elle, avait eu son diplôme avec mention Bien.

— Je crois que je vais organiser une fête, annonça-t-elle un soir.

Et elle jeta un œil désapprobateur sur le curry de poulet à la thaïlandaise que préparait son mari.

— S'il te plaît, évite de préparer des plats aussi épicés, ajouta-t-elle.

— Alors j'ai pensé faire une fête avant les vacances d'été, raconta-t-elle à la mère de Laura, au téléphone. Les choses s'arrangent. Barry a même été sélectionné pour un boulot, et moi je m'entends bien avec Julie, ce qui est sans doute une nouvelle miraculeuse. Tu peux venir ?

— Avec plaisir ! s'exclama Mme Turner. Tu sais, les choses s'arrangent, ici aussi. Laura m'adresse la parole, et à Peter et à Betsy aussi. Hier soir elle m'a dit que je ne suis pas si mal, comme mère !

Ginny invita les Banerji (curieuse de voir s'il arrivait à Rajiv de se décontracter), les Farrant, les Joseph et quelques autres personnes. Julie et ses amies se rendaient au nouveau complexe de cinémas, et devaient rentrer à la maison en taxi. Pour la première fois depuis des lustres, pensa Ginny, je vais pouvoir me détendre un peu et m'amuser.

À 22 h 30, Laura, Sumitha, Julie et Emma arrivèrent chez Julie, où elles devaient passer la nuit.

— Venez, lança Julie. On va leur dire qu'on est rentrées. Après on pourra aller en haut et mettre de la musique.

Sur le seuil du salon, elles s'arrêtèrent, bouche

bée. Le père de Julie, les cheveux couverts de gel, brandissant une bouteille de vin en guise de micro, était en pleine imitation d'Elvis. La mère de Laura, assise sur les genoux du ringard, souriait bêtement. Le père d'Emma courait partout pour remplir les verres. Mme Banerji était en train d'enseigner la danse indienne à Ginny, tandis que Rajiv se servait d'une poubelle retournée pour battre la mesure. Ginny et Chitrita avaient un fou rire parce qu'elles n'arrivaient pas à danser comme il faut.

— Maman ! Tu as bu ! l'accusa Julie.

— Maman, on voit ta culotte ! hurla Laura.

— Maman, mais qu'est-ce que tu fabriques ? s'exclama Sumitha.

Emma, elle, était sans voix. Sa mère, telle une possédée, tournoyait au rythme de la musique.

Ils levèrent tous la tête, légèrement surpris de voir leurs filles rentrer à l'heure convenue.

— Ah, les enfants, hoqueta Ginny, vous z'êtes rentrées, z'est bien, za.

— « Are you lonesome to-oooo-nite ? [1] », roucoula M. Gee dans la bouteille de vin.

— Mais qu'est-ce qui se passe ? lancèrent-elles toutes en chœur, horrifiées par la scène qui s'offrait à leurs yeux.

— On fait une petite boum, dit Ginny, hilare. On a quelque chose à fêter.

---

1. « Est-ce que tu te sens seule, ce soir ? » *(N.d.T.)*

— « Do you miss me to-ooo-nite ?[1] », chevrota son mari.

— Oh, zut ! hurla Julie. J'amène mes copines à la maison et voilà ce qu'on se paie. Venez, les filles, on se tire. C'est pitoyable !

— Maman, comment tu as pu... ? s'étrangla Laura.

— Oh, allez, les filles, gloussa Ginny. Qu'est-ce que vous dites tout le temps, déjà ?

Elle but une autre gorgée de vin blanc.

— Ah, oui, c'est ça : « Arrête, Maman, je vais craquer ! »

---

1. « Est-ce que je te manque, ce soir ? » (*N.d.T.*)

Toutes les amies de

LAURA

sont chez Pocket Jeunesse !

Découvre vite

SOPHIE

VICTORIA

MELISSA

OLIVIA

CHARLOTTE

et

Tout va très mal, merci !

Des livres plein les poches, des histoires plein la tête

Cet ouvrage a été composé par
PCA - 44400 REZÉ

Imprimé en France sur Presse Offset par

BRODARD & TAUPIN

GROUPE CPI

La Flèche (Sarthe), le 03-06-2002
N° d'impression : 12565

Dépôt légal : décembre 2001

 12, avenue d'Italie • 75627 PARIS Cedex 13

Tél. : 01.44.16.05.00